黄河纪行

HUANGHE
JIXING

林子 著

内蒙古人民出版社

图书在版编目（C I P）数据

黄河纪行 / 林子著 .-- 呼和浩特 : 内蒙古人民出版社，2022.12

ISBN 978-7-204-17394-5

Ⅰ. ①黄… Ⅱ. ①林… Ⅲ. ①随笔—作品集—中国—当代 Ⅳ. ① I267.1

中国国家版本馆 CIP 数据核字（2023）第 012001 号

黄河纪行

作　　者　林　子
责任编辑　贾大明
装帧设计　张燕红
出版发行　内蒙古人民出版社
网　　址　http://www.impph.cn
地　　址　呼和浩特市新城区中山东路 8 号波士名人国际 B 座 5 层
印　　刷　内蒙古爱信达教育印务有限责任公司
开　　本　710mm×1000mm　1/16
印　　张　8.25
插　　页　3
字　　数　100 千
版　　次　2022 年 12 月第 1 版
印　　次　2023 年 8 月第 1 次印刷
印　　数　1—4000 册
书　　号　ISBN 978-7-204-17394-5
定　　价　48.00 元

前面的话

黄河，孕育了中华文明，是中华民族的母亲河。

一部 5000 多年的中华文明史，有 3000 多年是以黄河流域为中心展开的，以黄河流域为代表的我国古代发展水平长期领先于世界。九曲黄河奔流到海，以百折不挠的磅礴气势塑造了中华民族自强不息的伟大品格，成为民族精神的重要象征。

黄河流域生态类型多样，农牧业基础较好，能源资源富集，是我国重要的生态屏障和重要的经济地带，在我国经济社会发展和生态安全方面具有十分重要的地位。治理和保护黄河是事关中华民族伟大复兴和永续发展的千秋大计。

2019 年 9 月 18 日，习近平总书记在郑州主持召开黄河流域生态保护和高质量发展座谈会并发表重要讲话，明确提出将黄河流域生态保护和高质量发展上升为重大国家战略。

黄河发源于青藏高原巴颜喀拉山北麓，呈“几”字形流经青海、四川、甘肃、宁夏、内蒙古、山西、陕西、河南、山东 9 个省区，全长 5464 千米，是我国第二长河。黄河流域西接昆仑、北抵阴山、南倚秦岭、东临渤海，横跨青藏高原、内蒙古高原、黄土高原、华北平原四大地貌单元和我国地势三大台阶，流域面积 79.5 万平方千米，是我国重要的生态安全屏障，也是人口活动和经济发展的重要区域，在国家发展大局和社会主义现代化建设全局中具有举足轻重的战略地位。

黄河长期“体弱多病”，生态本底差，水资源十分短缺，水土流失严重，资源环境承载能力弱，区域发展不平衡不充分问题尤为突出。水是生命之源、生产之要、生态之基。今天，黄河仍以占全国2%的水资源量，承载了全国12%的人口和15%的耕地面积，贡献了全国14%的经济总量，流域水资源开发利用率已超过80%，远超40%的生态警戒线。我们在触摸黄河母亲脉搏的同时，也在透支着母亲的肌体，靠河吃河，过度索取，积压了大量历史欠账。现在我们要临河爱河、守河护河，做到与河共存，真正守护好生灵草木、万水千山。这些，都是我们面临的压力和挑战，也是我们必须解决的紧迫问题。

历史上，黄河“三年两决口，百年一改道”。长期自然灾害频发，特别是水害严重，给沿岸人民带来深重灾难。清咸丰五年（1855年），黄河在河南省兰考县东坝头村附近决口，夺大清河入渤海，形成了现行河道。“黄河宁，天下平。”历史上，中华民族始终在同黄河水旱灾害作斗争，但受生产力水平和社会制度制约，黄河“屡治屡决”的局面始终没有根本改观。新中国成立后，党和国家将治理黄河作为治国兴邦的大事来抓。党的十八大以来，以习近平同志为核心的党中央从生态文明建设全局出发，将黄河流域生态保护和高质量发展确立为重大国家战略，明确了“节水优先、空间均衡、系统治理、两手发力”的治水思路。

黄河流经内蒙古自治区843.5千米，沿黄地区包括阿拉善、乌海、巴彦淖尔、鄂尔多斯、包头、呼和浩特和乌兰察布7个盟市，流域面积15.2万平方千米，2020年年末常住人口约1237万。黄河内蒙古段属于黄河上游后段和中游起点，是黄河“几字弯”主体部分，也是黄河流域重要的生态节点、生态屏障和生态通道，承担着维护西北、华北乃至全国生态安全的重要使命。推动黄河内蒙古段生态保护和高质量发展，是我们的重大政治责任。这是一项复杂的系统性工程，只有从全局出发，从专业的视角更全面地了解黄河、系统地认识黄河，才能更好地把握黄河内蒙古段的情况，为科学保护和高质量发展提出建议，提供咨询、借鉴。这就需要沿着黄河进行实地考察，寻找挖掘隐藏在黄河中的宝贵资源和能量。

实地考察是一项复杂的工作。为此，内蒙古自治区测绘地理信息中心组织了专家小组，并制作了黄河流域示意图，标注了黄河流域重要地理坐标、生态节点等。我们研读了中共中央、国务院关于治黄的重大方针、政策、规划等资料。此次考察分三次进行，历时 27 天，行程万余千米。

黄河是一部厚重的书，读黄河就是阅读山水。为了读懂这部书，一路上，我们边考察边思考，做了许多功课，搜集整理了大量资料，形成了考察报告。同时，我们走了一次黄河，对她产生了深厚的感情和一些粗浅的感悟，有一种不吐不快的感觉，于是有了这部《黄河纪行》。

需要说明的是，对黄河的考察，中下游是按由中游到下游顺序进行的，上游的考察则是逆流而上展开的，而这组考察文章的排序，是按照从源到流的顺序安排的，所以在写法上难免有倒叙、交叉和重复。

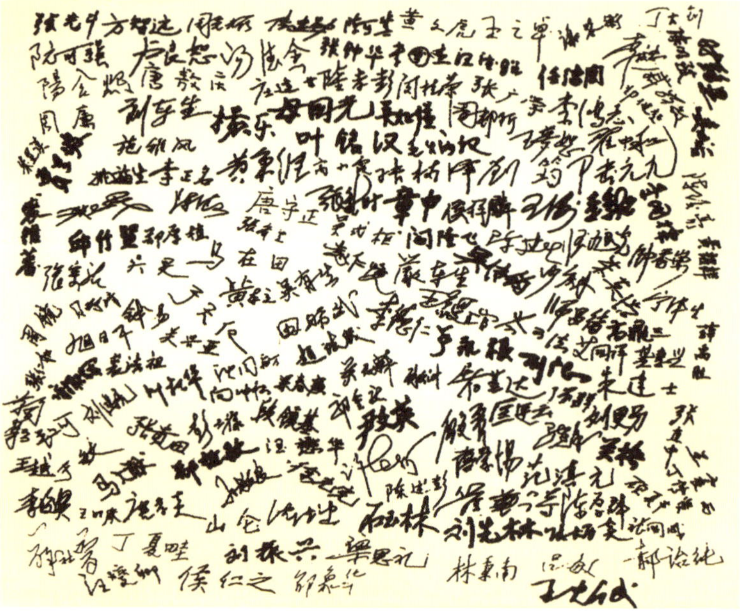

1998 年，中国科学院和中国工程院的 163 位院士联名呼吁“行动起来，拯救黄河”

21 世纪国务院批复一系列治黄文件

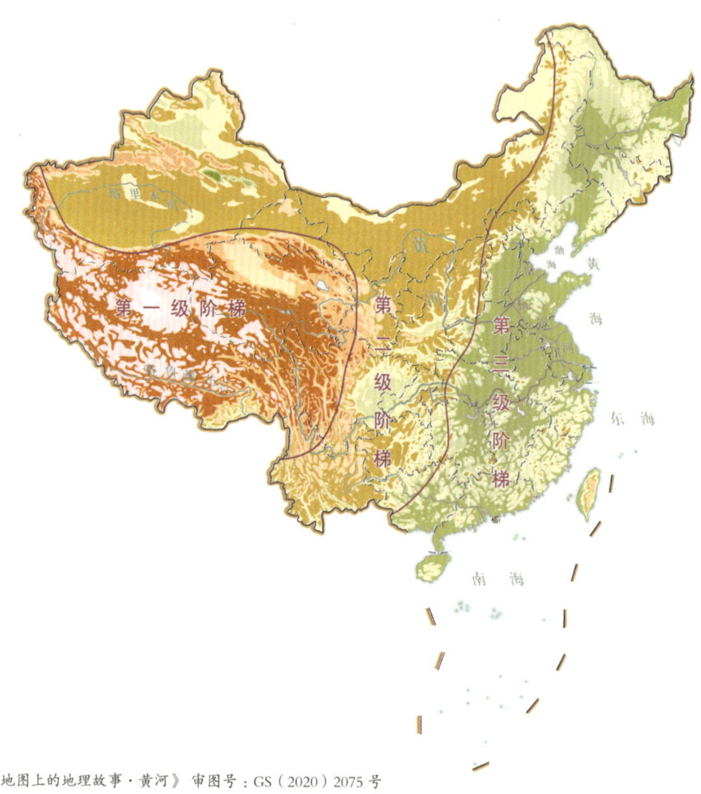

来源：《地图上的地理故事·黄河》 审图号：GS（2020）2075号

中国地势三级阶梯示意图

目录

来源：《地图上的地理故事·黄河》 审图号：GS（2020）2075号

黄河流域图

黄河之源

终于来到了玛多，来到了黄河源头，怀着敬畏，带着好奇，还有几分激动。

黄河考察小组一行5人，驱车从呼和浩特出发，沿着黄河，马不停蹄地足足跑了5天，终于来到了黄河之源。

黄河源

玛多，藏语意为“黄河源头”，地处青海省果洛藏族自治州西北部。玛多县总面积2.5万多平方千米，平均海拔4300米，是青海省海拔最高的县。这里气候高寒，年均气温零下4摄氏度，全年无春夏秋冬之分，只有冷暖两季。

玛多县位于三江源国家自然保护区腹地——黄河源自然保护区。地理上北依阿尼玛卿山，南望巴颜喀拉山，山间地势平坦，起伏不大，大都是沼泽地。县境内河网密布，湖泊众多（现有4000多个湖泊）主体地貌为宽谷与河湖盆地。玛多县素有“黄河之源”“千湖之县”“中华水塔”之称。

巴颜喀拉山和阿尼玛卿山护佑着黄河源这块高原河湖谷地，使这里成了黄河的产床。当地人说：“人头有血，山头有水。”山与水是有缘分的，说水首先要说清楚山，山有多高，水就有多高，山决定水的源头，水的流向取决于山脉的走势。山有体系，水有流域，山水相伴，山水相依。所以，说黄河要先从山说起。

通常，流域是指由分水岭包围的河流集水区域。黄河流域辽阔，西接昆仑、北抵阴山、南至秦岭、东临渤海，流域总面积 79.5 万平方千米。流域内地势西高东低，高差悬殊，河源区海拔多在 4000 米以上，形成自西向东、由高及低的河流走势，横跨中国地势三大台阶。在青藏高原的黄河流域，耸立着一系列西北—东南走向的山脉，黄河就迂回于这些大山高原之间。

巴颜喀拉山雄踞黄河右岸，属昆仑山东南支脉，蒙古语意为“富饶青色的山”，当地人称其为“祖山”。巴颜喀拉山位于青海省中部偏南，呈西北—东南走向，西接可可西里，东到松潘高原和邛崃山脉，绵延 780 千米，海拔 5000 米左右，是黄河发源地，也是长江上源通天河与黄河河源段的分水岭。这里是高原山地气候，许多高山终年积雪，冰河垂悬，气象万千。

阿尼玛卿山北屏黄河左岸，为昆仑山东段中部支脉，古称“积石山”，当地人视其为“神山”。阿尼玛卿山位于青海省东中部，东南止于甘肃省南部，呈西北—东南走向。阿尼玛卿山现代冰川十分发育，有海拔超过 5000 米的雪峰 18 座、现代冰川 40 多处。山脉冰峰起伏，地形复杂，气候多变，风光旖旎，笼罩着一层神秘色彩。

黄河流出鄂陵湖后，经玛多向东南，在巴颜喀拉山和阿尼玛卿山之间流淌。也可以说，黄河是巴颜喀拉山与阿尼玛卿山的分界线。

2021 年 5 月 22 日凌晨，玛多县遭遇了一场强度为 7.4 级的地震。刚刚到任几天的县委书记告诉我们，这次地震没有造成人员伤亡，救灾工作正在有序进行。在县城，我们看到两处用救灾帐篷搭建起的临时安置点，一些工作人员进进出出地忙碌着。城外，一条大型公路桥毁坏严重，几百米长的桥，横梁全部从桥墩上脱落下来，整整齐齐，有点像倒下的多米诺骨牌。

藏野驴（图片来源：视觉中国）

我们在县城匆匆吃了口饭，赶紧驱车去黄河源。路上，成群的藏野驴、藏羚羊在草原上悠闲漫步；高原猛禽大鵟站立在电线杆上，机警地注视着过往车辆，据说它以高原鼠兔为食，繁殖季可捕食鼠兔达 500 只；草原雕、猎隼等忽而飞起盘旋，忽而从高处俯冲下去，似是发现了猎物；一只只高原鼠兔衔着青草飞奔回自己的巢穴，有的还从洞口露出小脑袋好奇地打量着我们这些外来客；藏狐在茫茫原野上觅食，走走停停，留下浅浅的脚印。这是一块湿地面积广大、草地辽阔、野生动植物资源丰富的宝地。这里，自然环境原始独特，民族文化灿烂深厚。放眼望去，远处的白塔在碧绿的草原上十分抢眼，路边的五彩经幡随风飘动。玛多，美景依旧，安然祥和。

淅淅沥沥的小雨中，我们的汽车行驶在约 6 米宽的砂石路上，偶尔遇上几头牦牛，间或听到几声藏獒的吠叫。大约过了一个小时，眼前出现了一片湖泊，岸边一块石头上刻着“鄂陵湖”3个字。停车拍照后，我们沿着湖边继续前行。又过了约20分钟，来到了扎陵湖，汽车停了下来，我们走上了两湖之间的措哇尕泽山。平缓的山头上有一座牛头状雕塑，雕塑的基座上刻有“黄河源头”4个大字，旁边的石碑上标注着此处海拔4610米。虽然高原缺氧，气温也比较低，但我们依然兴致勃勃，想要将黄河看个究竟、问个明白。

我们终于到了黄河源头。

站在措哇尕泽山上的那一刻，小雨停歇，天气转晴。放眼高原，天地咫尺，远山如黛，湖水泱泱，碧草无垠。在这里，你会感觉到，这是离天最近的地方。也只有在这里，你才能悟到——宁静，就是美丽。

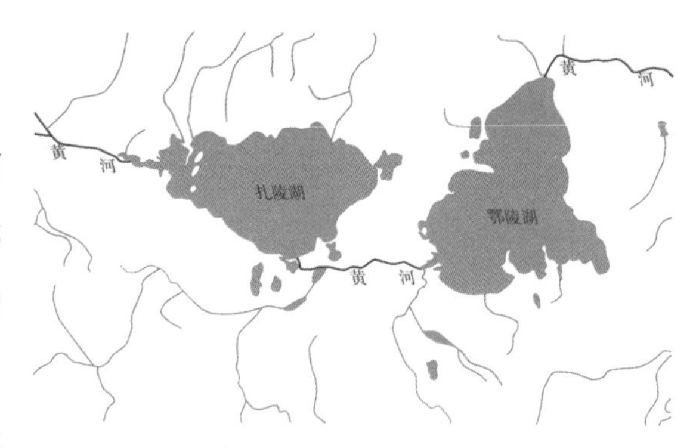

“黄河源头姊妹湖”示意图

眼前的鄂陵湖、扎陵湖被称为“黄河源头姊妹湖”。2005年，这对姊妹湖被列入《国际重要湿地名录》。黄河是由许多个湖盆水系演变而成的，鄂陵湖、扎陵湖是黄河源区两个较大的淡水湖。鄂陵湖，藏语意为“青蓝色的长湖”，湖面面积600多平方千米，贮水量达100亿立方米。每年春天，数以万计的大雁、棕头鸥等候鸟从印度半岛飞到这里繁衍生息。扎陵湖，藏语意为“灰白色的长湖”，位于鄂陵湖以西，湖面面积略小于鄂陵湖，约530平方千米，贮水量达46亿立方米。两个湖隔山相伴，在这辽阔的高原上，圣洁而宁静。

在高原上，在连绵起伏的山峦下，像这样大大小小丝丝勾连、脉脉相通的湖泊、水面成千上万，丝丝脉脉，汇流成势，遂成黄河。正所谓“其作始也简，其将毕也必巨”。

到了黄河源头，我们终于有机会一睹青藏高原的“真面目”。对青藏高原，我们既熟悉又陌生。说熟悉，是因为在我们很小的时候，喜马拉雅山、珠穆朗玛峰、三江源和可可西里这些名词就深深地刻在了脑海中；说陌生，是因为我们对它还知之甚少。

站在青藏高原上审视这片神秘的大陆，我们更直观地看到了它的独特之处。一是海拔高。总面积 250 多万平方千米的青藏高原，海拔大多在 3500 米以上，是世界上海拔最高的地方，所以地理学上又称其为“地球第三极”（相对于南极、北极而言）和“世界屋脊”。二是山脉纵横。青藏高原上盘踞着多条巨大山脉：北部有昆仑山、阿尔金山和祁连山脉，中部有阿尼玛卿山、巴颜喀拉山和唐古拉山脉，南部有念青唐古拉山、冈底斯山和喜马拉雅山脉等。特别要提到的是，青藏高原东部为南北走向的横断山脉，“七山六川”横断东西。三是水资源丰

青藏高原主要山脉分布图

富。青藏高原孕育了数条大江大河，呈放射状注入太平洋、印度洋。长江、黄河属太平洋水系，哺育了中华民族；澜沧江流出我国后称“湄公河”，为中南半岛国家的母亲河；怒江流入缅甸，在缅甸被称作“萨尔温江”；雅鲁藏布江流入印度、孟加拉国后名为“布拉马普特拉河”，是南亚的主要河流。青藏高原也因此被称为“亚洲水塔”。

藏族，是生活于青藏高原的古老民族，起源于雅鲁藏布江流域。“藏”为汉语称谓，其自称“博”或“博日”。7 世纪，松赞干布统一青藏高原，建立吐蕃王朝。唐贞观十五年（641 年），以迎娶唐朝文成公主入藏为开端，吐蕃与唐朝建立了亲密的关系。元朝在西藏等地设置了由中央统一管理的地方行政机构宣慰使司、都元帅府，管理包括西藏在内的全部藏族地区。从此，青藏高原与中原的交流空前繁荣发展。

扯远了，回过头来。陪同我们考察的三江源国家公园管理局黄河源园区管委会主任甘学斌向我们进行了详细的介绍。

黄河源是一个区域。它与长江源、澜沧江源一道组成了三江源国家公园，是世界上海拔最高、我国面积最大的国家公园。三江源国家公园的特征是，抬首可见巍巍群山、冰川峡谷，俯首皆是湖泊、草原湿地和奔涌的河流。通常，玛多县花石峡以上地区被视为黄河河源区，这里是青藏高原的一部分，属湖盆宽谷地带，海拔在 4200 米以上。盆地内部平坦，湿地面积广大，湖泊棋布，河流密集，四周山势雄浑。

扎陵湖以西为星宿海，藏语意思是“花海子”。星宿海是一个东西长 30 千米、南北宽 10 千米的狭长盆地。因地势平展，四处流淌的河水在这里形成大片沼泽和众多湖泊，许多小溪小河也在这里交

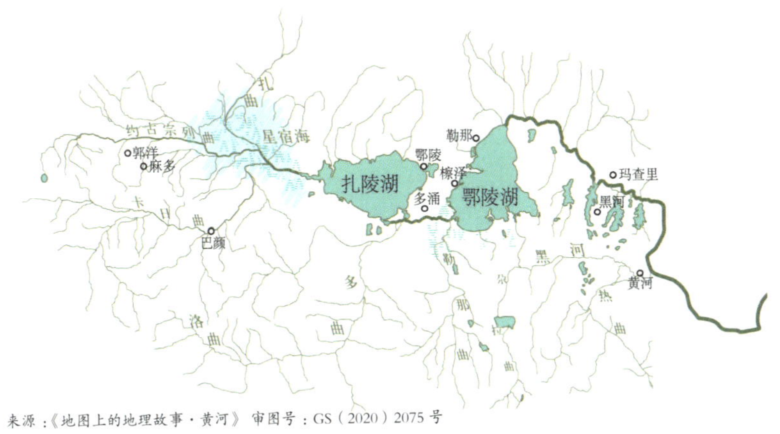

来源：《地图上的地理故事·黄河》 审图号：GS（2020）2075 号

黄河源头水系图

汇，宛若夜空中闪烁的繁星，“星宿海”之名也由此而来。黄河流经星宿海，这成了它的第一个“加油站”。过了星宿海，黄河便进入扎陵湖、鄂陵湖流域。

甘主任进一步解释说，星宿海以上有三支源头，即玛曲、约古宗列曲和卡日曲。

玛曲是当地人对河源的称呼。“玛”即玛夏，藏语意为“孔雀”，“曲”是河，玛曲即孔雀河，当地人认为它是黄河的源头。早年，一旦发生洪水或干旱等灾情，当地群众就会聚集在玛曲，一起祭拜河神。

我国明确地认识黄河源头还是在唐代以后。据史料记载，唐太宗贞观九年（635 年），唐朝大军西征吐谷浑，兵至扎陵湖，望积石山，观览河源。贞观十五年（641 年），文成公主远嫁吐蕃，吐蕃赞普松赞干布专程到黄河源头迎亲。唐使刘鼎出使吐蕃，曾专门考察过黄河源头。元代正式派员勘察河源，认定黄河源头为星宿海，并绘出黄河源区最早的地图。康熙四十三年（1704 年），康熙命侍卫拉锡等人前往青海探察黄河河源。拉锡等人指出黄河“源出三支河”，东流入扎陵湖。清乾隆年间确定玛曲为黄河正源。

1952 年，黄河水利委员会组织开展三江源勘查，结论为“玛曲是黄河正源”。1985 年，黄河水利委员会根据历史传统和各家意见，确认玛曲为黄河正源。

2008 年，青海省组织开展三江源头科学考察，终于测定源于巴颜喀拉山北麓各姿各雅山下的卡日曲是最长的支流，为 62.63 千米，比玛曲最长的支流约古宗列曲长 36.54 千米。依据国际上“河源唯长、流量唯大、与主流方向一致”的标准，正式确定卡日曲为黄河正源。

当地人说，自古以来，生活在黄河源头的藏族群众就敬畏黄河、尊重黄河，用传统习俗维系着人与自然的关系。直到今天，人们在取水之前，仍会用手指蘸水弹向天空，再弹向大地，最后抹一下头顶，表示对大自然的敬畏和感谢。他们的这些行为也体现了人与自然的相处之道。在这里，人与自然的关系因为地域辽阔而更紧密、更圣洁。

2021 年 6 月

源于青海，成于玛曲

黄河有“源于青海，成于玛曲”之说。

黄河在巴颜喀拉山、阿尼玛卿山之间向东南方向流去，流经450多千米，穿过青海东部的久治县，流出河源区，进入甘肃南部的玛曲县，先自西向东，后绕着阿尼玛卿山东端折向北流，来了个180度大拐弯，重回青海，形成了一个433千米长的“天下黄河第一弯”。而后，沿着青藏高原东缘，向西北方向流去。

“天下黄河第一弯”示意图

玛曲，藏语意为“黄河”，它是全国唯一以黄河命名的县级行政区划。玛曲古称“析支河”，为羌族生活地区。唐代吐蕃统一青藏高原后，这里成为吐蕃人游牧之地。由于雨水充沛、气候寒凉、地势低平，玛曲湿地成为世界上保存最完整的湿地之一，它也是黄河首曲面积最大的一片草原湿地，有“黄河蓄水池”之称。

玛曲县隶属甘肃省甘南藏族自治州，面积1万多平方千米，人口约5万。玛曲位于甘、青、川三省交界处，青藏高原东部边缘，平均海拔3600米。这里地势开阔，水草丰美，草原、高山、河谷相间分布，湖泊星罗棋布。玛曲属于高原大陆性高寒湿润区，冷季长达300多天，漫长而寒冷，暖季不足60天，短暂而温和，雨水充沛，年降水量达600多毫米。这里泥炭沼泽广泛发育，沼泽植被生长良好，生态结构自成体系，是世界高山带物种最为丰富的一个区域。

这里属于黄河九曲之首曲，水资源十分丰富。资料显示，黄河玛曲段长433千米，占黄河在甘肃总流程的59%。玛曲境内河流众多，仅黄河一级支流就有尕鲁曲、尕藏曲、头道河等28条，二级支流多达300多条，湿地面积达3700多平方千米。黄河流入玛曲时，水流量占其年总流量的20%，流出时水流量增加到65%，玛曲为黄河补充水量占黄河总水流量的45%，年入境水量为137亿立方米，出境时水量为164亿立方米，年产自地表水量为27亿立方米。玛曲让黄河收获满满，来时黄河还是一条平缓温顺的小河，走时已是一条波澜壮阔的大河，正所谓“源于青海，成于玛曲”。

接着问题来了，黄河在玛曲为什么不继续东去，而是拐了一个大弯掉头北上？就此，我们认真察看了黄河流经的地形和有关资料，发现有两个因素迫使黄河在此转弯北上。一个因素是，水的流向取决于山脉的走向。黄河流出河源区后，一直受到两大山脉的约束，在同为西北—东南走向的阿尼玛卿山和巴颜喀拉山之间向东南方向流淌。到了玛曲县，巴颜喀拉山仍向东南延伸，而阿尼玛卿山则从西向东横贯县域中部，最后消失在高原上。至此，黄河挣脱了阿尼玛卿山的束缚，但南去仍受巴颜喀拉山的阻挡，所以只好绕过阿尼玛卿山东端，沿着西倾山南麓向西重回青海。

西倾山，位于青藏高原东北部边缘，属秦岭西北支脉。其主体位于甘肃省甘南藏族自治州玛曲与碌曲两县之间，呈西北—东南方向延展，西端延伸至青海省境内。黄河在阿尼玛卿山东端北折之后，沿西倾山再转向西流。也可以说，黄河成了阿尼玛卿山与西倾山的天然分界。碌曲，藏语意为“洮河”，在西倾山以东，故西倾山又成为黄河与洮河的分水岭。

另一个因素是，黄河东去的路被一座不是很高的鸟鼠山挡住了，只好掉头流向西北。据专家推测，在2000多万至160多万年前的新第三纪，黄河原本是北上穿过鸟鼠山进入渭河的，后来由于鸟鼠山地壳抬升阻断了黄河上游与渭河之间的通道，黄河只好改道北上。

到了这里，才算说清了“天下黄河第一弯”的来龙去脉。也可以说，在巴颜喀拉山、阿尼玛卿山、鸟鼠山和西倾山等几大山脉的共同作用下，才有了“天下黄河第一弯”。在这里我们对山和水的关系有了深切的感受：山孕育了水、约束着水；水切割着山、侵蚀着山；山水相依，山水一体。从更大视野看，山水林田湖草沙是一个有机整体。

这里，又带出了洮河。洮河，藏语意为“神水”，位于甘肃省南部，是黄河上游第一大支流。发源于西倾山东麓，由西向东在甘肃省岷县折向北流，至甘肃省永靖县汇入刘家峡水库。洮河全长673千米，多年平均径流量53亿立方米，水量在黄河一级支流中位居第二，仅次于渭河。洮河河源高程4260米，河口高程1629米，落差2631米。洮河从青藏高原流入黄土高原时裹挟了大量泥沙，水质浑浊，是黄河上游输沙的主要河流。

洮河（左）汇入黄河（右）（图片来源：视觉中国）

既然是鸟鼠山挡住了黄河东去的路，我们就要看看它的来历。鸟鼠山是甘肃中部的主要山脉，属秦岭山脉西延部分，东北抵达陇中黄土高原，是渭河与洮河的分水岭。鸟鼠山的最大贡献是孕育了渭河，有诗赞曰：“源探鸟鼠关山月，窟隐蛟龙秦地秋。”此地因位于陇西黄土岭谷区，地处高原，风大沙多树木少，鸟无树可筑巢，只得借用鼠穴下蛋孵雏，且鸟鼠之间相安无事，故有“鸟鼠山”之名。

鸟鼠山虽不高大，却是名山。秦始皇二十七年（前220年），39岁的秦始皇意气风发，挟统一六国、登基称帝之威巡视天下，溯渭河而上，走马鸟鼠关山。一条关山，分水两流，东流渭水，西入洮河。秦始皇登上山顶，为鸟鼠山雄伟壮观的景色所感染，遂信马逐猎。三国时为曹操所器重的著名医学家封衡，因不喜世间嘈杂，归隐鸟鼠山修行。隋大业五年（609年），隋炀帝巡游河西，沿渭水而上，出萧关，过陇西，达渭源，登上鸟鼠山。

只讲黄河成于玛曲是不够的，若尔盖湿地也功不可没。若尔盖，藏语“若尕”，意为“牦牛喜欢的地方”。若尔盖湿地位于青藏高原东部边缘、川甘两省交界处，毗邻玛曲，是一处高原盆地，海拔约 3500 米。若尔盖湿地周围群山环抱，中部地势低平，河曲发育，湖泊众多，排水不畅。这里气候最大的特点是寒冷湿润，蒸发量小于降水量，通常年均气温在零摄氏度上下，年降水量近 700 毫米，长年处于湿润状态，利于沼泽发育。独特的气候使这里成为一年中只有春秋冬三季，独缺夏季的地方。

若尔盖湿地的主体在四川，是青藏高原与四川盆地的过渡地带。据资料显示，四川境内的黄河流域面积为 1.87 万平方千米，虽然只占全流域面积的 2.4%，却贡献了黄河干流枯水期 40% 的水量、丰水期 26% 的水量，是黄河上游的又一个重要水源涵养地。从南往北有嘎曲（亦称“白河”）、墨曲（亦称“黑河”）和热曲三条河流纵贯若尔盖湿地，注入黄河。

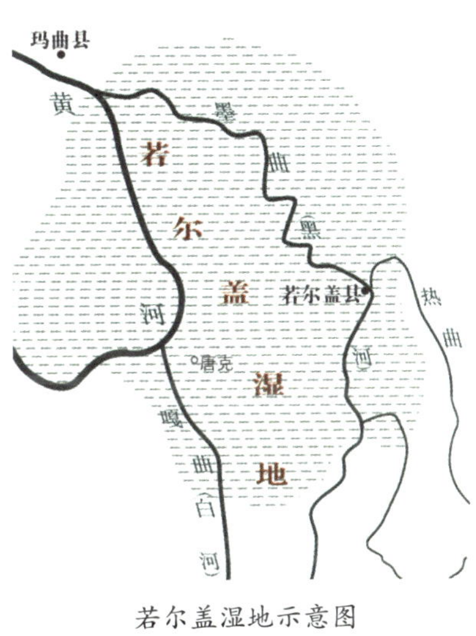

若尔盖湿地示意图

1935 年 8 月，中国工农红军长征通过松潘草地，这段艰难行程大部在若尔盖县境内。每年 5—9 月为草地雨季，本就泥泞的沼泽，更是成了漫漫泽国。为了走出这片“死亡之地”，红军历尽艰辛，付出了巨大牺牲，留下了许多可歌可泣的动人故事。若尔盖已凝结为红色中国永久的精神财富。

玛曲是格萨尔文化的发祥地。格萨尔王在藏族群众心中是莲花大师的化身，是让他们引以为豪的英雄。相传，很久以前，一个婴儿在岭国降生，名叫“觉如”。幼年觉如随母亲迁移到玛曲，在重重磨难中长大成人。他生性善良勇敢，在岭国赛马选王会上一举夺冠称王，尊号“格萨尔王”。

格萨尔王降妖除魔，造福百姓，受到广大藏族群众的尊崇和拥戴。他骁勇善战，征服了 150 多个部落，使岭国归于一统。最后，格萨尔王与家人一同重返天界。由此演绎出一部世界上最长的史诗，即被誉为“东方荷马史诗”的《格萨尔王传》。

玛曲是神秘的，格萨尔王的传说在这里广为流传，已成为宝贵的历史文化遗产和精神财富。玛曲是纯净的，蓝天、白云、绿水、草地融为一体，保留了大自然原始纯净的面貌。

2021 年 6 月

黄河原本是清流

滔滔黄河在冲出龙羊峡峡谷后，留下了一片开阔的谷地。当我们在这里看见清澈见底的黄河时，都情不自禁地赞叹大自然的美丽与神奇。

对黄河上游的考察是逆流而上的。2021 年 6 月 18 日，我们来到了青海省贵德县。

贵德县位于青海省东部，归海南藏族自治州管辖，面积仅 3500 多平方千米，人口刚过 10 万。这里属于青藏高原向黄土高原过渡地带，地形复杂多样，有雪山、草原、河谷，还有奇特的丹霞地貌，有“高原小江南”之称，自然条件得天独厚。黄河自西向东流经贵德约 75 千米。贵德上有龙羊峡锁关，下

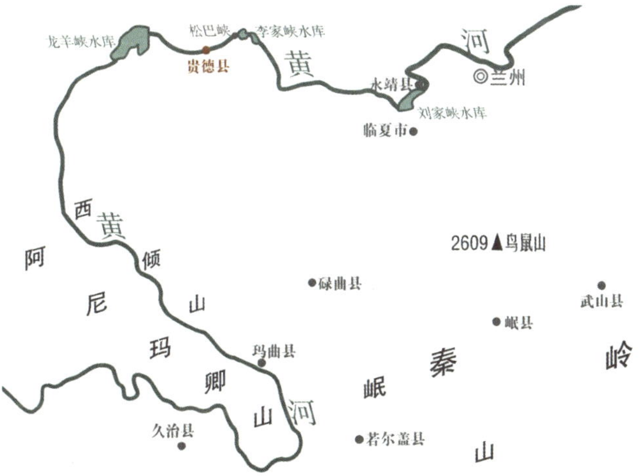

贵德县位置示意图

有松巴峡守护，因“天下黄河贵德清”而声名远播。

黄河姓“黄”，尽人皆知，它自古就被贴上“一碗河水半碗沙”的标签，背着“跳进黄河洗不清”的黑锅。然而，让人没想到的是“天下黄河贵德清”。在贵德，黄河竟是如此清秀温婉、澄澈清亮。贵德县境内的黄河，像一条硕大的彩带舞动在天边。清澈的黄河与巍巍群山，还有从天上铺展下来的青青的高山草原，像一幅优美的山水画卷。高坡上，牦牛群、羊群悠闲地啃食着草儿，好像黑色的珍珠、白色的宝石撒在绿油油的草地上。

从河源区至贵德县，黄河流淌在青藏高原上。这里多系山岭及高山草原，海拔3000米以上的山峰超过4000座。河源区河谷地带地势平缓，湖泊众多，河道密集，排水不畅，形成了大面积沼泽地。河源段400千米内，气候高寒，河道曲折，水流稳定，水分消耗少，水源涵养量大。这里湖泊众多，湖与湖之间径流密布、彼此相连并逐渐汇集。高原上，草地、湖泊、径流、水鸟在远处雪山的衬托下，展现出一派旖旎风光。这里的黄河与中下游的黄河判若两河。在这里，我们看到，黄河原本是清流。

贵德县境内的黄河水面宽阔，水质清洁，流速舒缓，在清风的吹拂下，不时泛起阵阵涟漪。阳光洒在河面上，波光粼粼，煞是好看。黄河岸边，当年国务院副

时任国务院副总理钱其琛题写的“天下黄河贵德清”

总理钱其琛题写的“天下黄河贵德清”7个红色大字格外醒目。不远处，竖立着一尊通体洁白如雪的“黄河少女”雕塑。她左手齐肩托着一头秀发，右手扬撒着梨花，充满了青春活力。青藏高原上流淌的黄河，像少女一样，清秀、柔美、宁静。

如果说黄河母亲慈爱博大，孕育了中华文明，那么青藏高原上的黄河则至清至纯、秀美宁静，正是黄河母亲的少女时代。借用“黄河少女”雕塑基座背面所刻诗人吉狄马加的一段话，表达我此时此刻的心境：“只有真正到了黄河源头，你才会知道并且相信黄河是蓝色的。同样也只有当你，真正用最纯洁而高尚的灵魂去追溯这条伟大河流的历史，你才会亲眼目睹这眼前的奇迹：伟大的黄河母亲又回到了自己的少女时代！”

“黄河少女”雕塑

黄河流出贵德后，河水逐渐变浊。

原来，贵德县处于青藏高原东部，位于青藏高原与黄土高原过渡带。拉脊山从贵德县境内由西向东蜿蜒穿过，最高峰海拔4524米，属日月山支脉，而日月山正是黄土高原的西界。受拉脊山的影响，黄河自西向东穿过贵德县中部。由于河流的切割和冲刷作用，黄河在这里形成了河谷。贵德以下，黄河流出青藏高原，进入黄土高原。这段河道多经高山峡谷，水流迅急，坡降加大。其中，贵德段到刘家峡山谷极为陡峭，河谷宽50米左右，最狭处不到15米，谷深达100—500米。这里水流湍急，谷窄崖陡，大量泥沙涌进黄河，使黄河迅速变得名实相符。

6月的日月山，夏意渐浓。登山远望湟源峡谷，奇峰积雪，白云在山间萦绕；近看高山草原，有“草色遥看近却无”之感，牛羊在牧场上迤迤觅食。

日月山是西北地区一个重要的地理历史坐标，位于青海省湟源县西南，属祁连山支脉。日月山的重要之处在于它处在我国季风区与非季风区的分界线上，位于黄土高原与青藏高原过渡带，是农耕文明与游牧文明交融的地方。由此向西是古丝绸之路南路，即经青海湖走柴达木盆地，过敦煌，通往西域；向南是唐蕃古道，通往河源、拉萨等地，是进入青藏高原腹地的咽喉要道。日月山，古称“赤岭”，传说当年文成公主远嫁吐蕃时曾在这里驻足。她回望渐行渐远

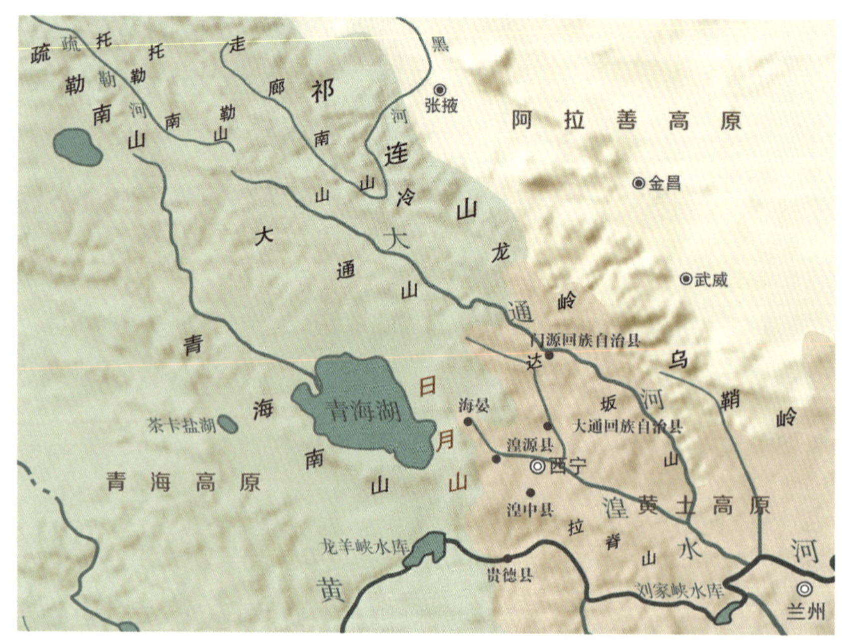

日月山位置示意图

的长安，顿时心生落寞；展望前路，天高地迥，群山逶迤，不由得思乡心切，竟失手把皇后赠予的“日月宝镜”摔成两半，日月山也因此得名。

唐蕃古道形成于公元 7 世纪中叶，正是唐与吐蕃交好之际。那时松赞干布刚刚征服诸羌，统一西藏，建立了吐蕃王朝。之后，吐蕃不断向东发展，逐渐接近唐朝西缘，便有了松赞干布迎娶文成公主进藏之举，由此开创了唐蕃古道。此后，又有金城公主入藏，重走日月山，并开通了唐与吐蕃的贸易。于是，唐蕃古道兴盛一时。

过了日月山向西，就到了青海湖。青海湖是我国最大的内陆湖，位于青藏高原东北部，面积 4600 多平方千米。湖的周边有南山、日月山、大通山、拉脊山等高山环绕，所以青海湖是个高原山间盆地湖。初夏的青海湖，远处群山绵延，近处湖光山色，好一幅壮美的高原湖泊景观。

据资料显示，远古时代，青海湖本是黄河的一条支流，向东流淌 180 多千米后注入黄河。青海湖古称“西海”，位于大通山、日月山和青海南山之间，系断层陷落形成。后来，湖东边的日月山持续抬升，阻断了青海湖的入黄通道，使青海湖孤悬于黄河流域之外，水体也由原来的淡水变成了咸水，成为我国最大的内陆咸水湖。由于日月山还在抬升，山脉最低点已高出青海湖水面 70 多米，看来青海湖重回黄河家族已遥遥无期。

黄河流经的青藏高原与黄土高原过渡地带，地质条件复杂。从地质专业上讲，龙羊峡以上，大都属于青藏歹字型构造体系，而龙羊峡以下受祁吕贺山字型构造体系控制，地壳扭曲褶皱发育，形成了一系列北西走向或近乎东西走向的大型山脉。黄河从山谷中流过，其水流方向多与山的走向正交或斜交，河谷忽宽忽窄，出现川峡相间的河谷形态。其中，最长的峡谷为拉加峡，位于青海、甘肃交界的玛曲、玛沁和同德县境内。它由许多连续的峡谷组成，全长216千米。最窄的峡谷为野狐峡，地处甘肃华亭市，长仅1千米，最窄处不到10米。最陡的峡谷是龙羊峡。

县里负责的同志告诉我们，黄河清在贵德的原因，除了自然因素，还有一个重要因素不可忽视，那就是上游的龙羊峡水库。龙羊峡水库到贵德仅90多千米，上游来水的含沙量本就不大，再经过龙羊峡水库的过滤沉淀，流入贵德的泥沙量自然更少了。

龙羊峡，位于青海省共和县与贵德县交界处，是黄河上游最大、最深、最陡的峡谷，是黄河流经青海大草原后，进入黄河峡谷区的第一个峡谷。这段峡谷全长40多千米，最宽处也仅有百米，最窄处只有40米，“龙羊”藏语意为“险峻的沟谷”，于是有了今天的称谓。峡谷悬崖高差达900米，两岸石壁对峙、险峻陡峭、怪石嶙峋，谷底波涛汹涌、惊心动魄，自然景观奇特。1976年国家决定建设龙羊峡水电站。建成后，这里成了黄河上游第一座大型梯级水电站，被称为“万里黄河第一坝”。

龙羊峡水电站

6月20日，我们来到了龙羊峡水电站。站在大堤北面的高坡上，远望河谷两岸：左首是险峻的茶纳山，向东延伸至日月山，北接祁连山脉；右首是连绵不断的山岭，重峦叠嶂，一派原始、苍茫、粗犷的景象，虽已是6月下旬，这里却满目灰黄；中间是一片开阔平坦的谷地，整个峡谷成了一个巨大的天然库区。陪同我们考察的龙羊峡镇负责人介绍，龙羊峡水电站坝高178米，大坝长1140米，坝址海拔2700米。它将黄河上游13万平方千米的年径流量全部拦截，在这里形成了一个面积380平方千米、库容240亿立方米的我国当时最大的水库。

眼前的湖水，蔚蓝清澈，水生态初始状态好，属国家一级地表水，透明度可达5米，是青藏高原上永不封冻的人工湖。望着远山、碧水、莽原，我心旷神怡，有感而发：

莽原万里山重重，峡谷深深锁蛟龙。

一汪碧水连天际，黄河原本水清清。

2021年6月

河湟谷地

黄河在青藏高原孕育生成。在即将离开青藏高原进入黄土高原时，黄河为青海留下了一块河湟谷地，这也是黄河对青藏高原的最后馈赠。

“河”为黄河，“湟”乃湟水，黄河及支流湟水流域在地理上统称“河湟谷地”。河湟谷地是一块肥沃的三角地带，面积约 2.5 万平方千米，位于青海省东北部，青藏高原达坂山与阿尼玛卿山之间。达坂山

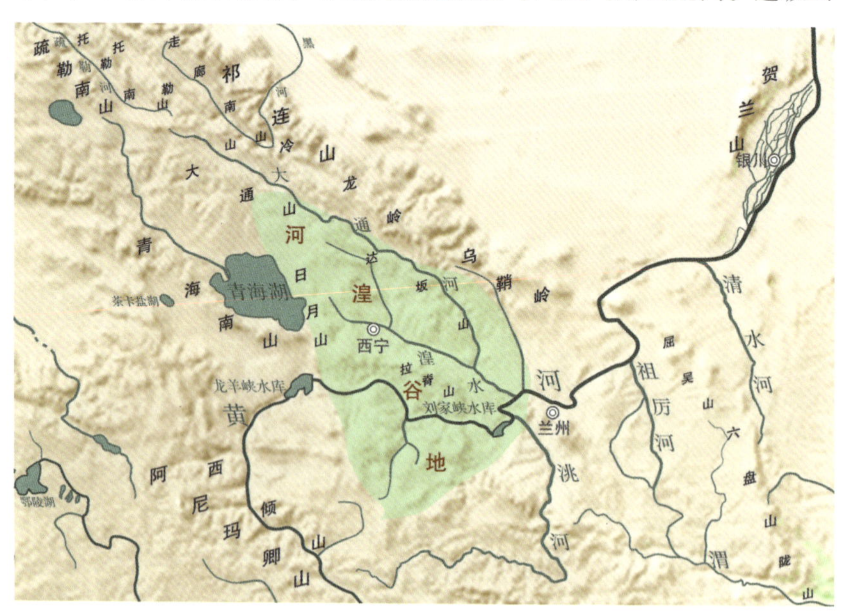

河湟谷地位置示意图

属祁连山支脉，位于大通县与门源县交界处，地理位置重要，是西宁市通往河西走廊的主要通道，也是湟水北侧的屏障。河湟谷地海拔较低，山川相间，地貌奇特，是黄河流域最早有人类活动的区域之一。

河湟谷地北缘是横亘东西的祁连山。祁连山，匈奴语“天山”之意。西汉初，大将霍去病率兵出击匈奴，在祁连山一带大获全胜。匈奴民歌“失我祁连山，使我六畜不蕃息；失我焉支山，使我嫁妇无颜色”指的就是这一带。祁连山由多条西北—东南走向的平行山脉和宽谷组成。它是青藏高原与内蒙古高原的分界线，并与内蒙古高原相夹形成了横贯东西的河西走廊。

祁连山西抵阿尔金山，东至黄河谷地，东西绵延近千千米，是我国地势第一阶梯东缘，是半干旱区与干旱区的分界线。作为我国西北一道重要生态屏障，它用高大的身躯挡住新疆和内蒙古沙漠南侵，护佑着青藏高原和河湟谷地，用冰川雪水滋润着河西走廊的绿洲。令人称奇的是，祁连山融雪形成我国第二大内陆河黑河，它在北流800多千米后，在巴丹吉林沙漠西北缘的戈壁洼地汇流成黑河尾闾湖居延海，并在黑河谷地滋养了我国最大的一片胡杨林。

2021年6月18日，我们一行从甘肃临夏进入青海，经循化、民和、湟源和西宁到青海湖，再经共和到龙羊峡和贵德，大体穿行在河湟谷地中。一路所见都是山，山连着山，山接着天。大山之间，河谷宽阔，城乡密布，土地肥沃，寺院遍布，人文景观古朴厚重。多元的宗教文化、浓郁的民族风情、物阜民丰的乡村景观，加上粗犷的大山大川，共同构成了一道独特而灿烂的西部风景线。

河湟谷地的真正价值在于从这块三角地带奔流而出三条河，即黄河、湟水、大通河。这三条河如同祖孙三代，黄河是干流，湟水是黄河的一级支流，大通河是湟水的最大支流。河湟谷地内的这三条河几乎平行，分别形成了各自的河谷地带，最终三河汇流，形成了河湟谷地三角区域。无怪一位地理专家感叹，像河湟谷地这样一块只占青海省面积 1/30 的地区，却集中了青海省 3/4 的人口，工农业总产值竟占青海省的 80% 以上，而且交通发达，自然景观和人文景观众多，一个省的政治、经济、文化几乎全部集中在这里，这样的地区，在国内其他省区并不多见。所以，湟水也被称为“青海的母亲河”。

五彩河湟谷地（图片来源：视觉中国）

湟水，源于青海省海晏县的包呼图山，海拔 4395 米，向东流经西宁，出青海入甘肃，到兰州市西面达家川汇入黄河。湟水流域位于黄河流域西北隅，北界祁连山脉，与河西走廊相邻，南以拉脊山与黄河干流为界，西隔日月山与青海湖相望。湟水处于青藏高原与黄土高原接合地带，地形复杂，自然景观壮丽。

湟水流经达坂山与拉脊山组成的宽阔河谷，长 100 多千米，这里也是青海省经济最发达的地区，古城西宁就坐落于此。拉脊山位于西宁南边。我们乘车从西宁出发，穿过拉脊山口时，路牌上标示：海拔 3820 米。由于河湟谷地地形差异大，气温变化也大，故西宁地区有一首歌谣：“古城气候总无常，一日须携四季装。山下百花山上雪，日愁暴雨夜愁霜。”

在古代，河湟谷地处于中原通往中亚、经西藏到印度的通道上，因而中华文明、印度文明、阿拉伯文明在这里交流融合。这里寺庙遍布，佛塔林立，宗教色彩浓厚，是我国西部人文景观最具特色的地区之一。在这块土地上，诞生了藏传佛教格鲁派（黄教）创始人宗喀巴。著名爱国人士、藏传佛教杰出领袖、第十世班禅额尔德尼·确吉坚赞就出生在河湟谷地循化县一个藏族农民家庭。

正是在这里，格鲁派开始从青藏高原向蒙古高原传播。明万历六年（1578 年），蒙古右翼土默特部俺答汗与宗喀巴第四代传人索南嘉措在青海湖边会面，互赠封号。前者赠后者“圣识一切瓦齐尔达喇达赖喇嘛”称号，意即“八思巴的化身”。后者赠前者“转千金法轮咱克喇瓦尔第彻辰汗”称号，意为“忽必烈转世”。宗教领袖与世俗领袖相互尊奉，尊号世代传承。此后，格鲁派迅速在蒙古高原广泛传播。

6 月 19 日，我们参观了坐落于河湟谷地群山环抱之中的塔尔寺。塔尔寺建于明嘉靖三十九年（1560 年），已有 460 多年的历史。酥油花、壁画和堆绣被誉为“塔尔寺艺术三绝”。寺内还珍藏着许多佛教典籍和历史、文学、哲学、医药等方面的学术专著。广场上矗立着 8 座一字排开的白色如来宝塔，以赞颂释迦牟尼一生八大功德。塔尔寺内最引人注目的是大金瓦寺，金光闪耀，熠熠生辉。寺院里僧侣众多，香客云集。一些藏传佛教信仰者从遥远的故乡磕长头而来，一路风餐露宿，据说有的要历数

塔尔寺如来八塔

月经年，以表达对佛祖的虔诚，许下此生和来世的心愿。每年举行佛事活动“四大法会”时，塔尔寺都热闹非凡。在这里，走在斑驳的石板路上，看着彩色的立柱、摇曳的帷幔，你会感受到佛教的神秘和信仰的感染力。

河湟谷地位于青藏高原、黄土高原和内蒙古高原的接合部，地理位置重要。在中国历史上，河湟谷地连接了中央王朝与青藏高原，其地位相当于河套平原之于蒙古高原和河西走廊之于西域。历代中央王朝若想控制青藏高原，无不以河湟谷地为屏障和通道；凡进入中原的西部游牧民族，大多以此为基地和跳板。河湟谷地虽然在地理位置上属青藏高原，但它海拔较低，湟水下游高程仅 1600 米左右，加之地形为向东开口，可接收太平洋水汽，降水较多，所以整体自然环境更接近黄土高原。自古这里就是西北古老民族的生息繁衍之地和各民族争夺的地区。羌人游牧，匈奴来去，吐蕃征服，中原控制，历史的变迁使这里成为西北重要的历史舞台。在这个你方唱罢我登场的舞台上，还有一个重要角色不可忽视——吐谷浑。

吐谷浑原为鲜卑族的一支，活动于今内蒙古赤峰西拉木伦河流域。西晋时，首领吐谷浑率领部族西徙至甘肃、青海一带。其孙叶延建国，以祖父吐谷浑之名为国名。南北朝时，吐谷浑逐步强盛起来。到了隋代，其游牧范围“自西平临羌城（今青海湟源县）以西，且末（今新疆且末县）以东，祁连（今祁连山）以南，雪山（今巴颜喀拉山和阿尼玛卿山）以北，东西四千里，南北两千里”，都城伏俟城在今青海湖附近。唐末，李靖等率大军击败吐谷浑，始归附唐朝。此后，中央王朝通过河湟谷地对青藏高原的经略有进有退。在西夏控制了河西走廊后，北宋把目光再次投到这里。但更多的时候，它只是作为河西走廊的辅道存在于东西交流之中。唐龙朔三年（663 年），吐蕃北进，吞并吐谷浑，其余部陆续在唐朝后期内迁。有学者推测，今天青海地区的土族人就是当时留下来的吐谷浑后人。

还要补充的是，更早的时候，这一带是羌人活动的主要区域，史称“羌中道”。一些羌人由此向西进入柴达木盆地周边定居，或进入西域。公元 4—6 世纪，河西走廊通道受阻，东西商旅往来多取道祁连山南，经河湟谷地、西宁、青海湖、柴达木盆地到达西域。河西走廊南线通道得以畅通，以河湟谷地为游牧中心的吐谷浑功不可没。

河湟谷地自古以来物产丰富，多民族在此繁衍生息、融合共生。如今，走进河湟谷地，人们不仅为这里雄浑的山水景观和恬静的田园风光所吸引，更为这里的历史文化和民族风情所陶醉。柳湾彩陶、古堡边墙、湟水夕照、庙宇晚钟、六月“花儿”、新春社火、土族纳顿节、撒拉族口弦，还有皮影、雕塑……河湟谷地宛若一条沧桑变幻、流光溢彩的历史、宗教和民族文化艺术长廊。

黄河是中华民族的母亲河，黄河文化是中华文明中具有重要影响力的主体文化。河湟谷地是藏羌文化的集中区域，是黄河源头中华文明的主要标志，与河套文化、河洛文化、关中文化、齐鲁文化等一起，成为黄河文化的主要分支和中华文明的重要组成部分。

2021 年 6 月

兰州的黄河故事

黄河再次进入甘肃，来到了中国地势第二阶梯。

流出了青藏高原的黄河，俨然已是一条横卧在中国北方大地上的巨龙。黄河是怎样形成的，应有个交代。据地质研究显示，早在第四世纪以前，我国北方黄河流域内广泛散落着若干大小不等的古湖泊湿地。随着青藏高原强烈抬升，黄土高原和鄂尔多斯高原缓慢抬升，以及华北平原长期沉降，这三大地形区的高差越来越大，导致古湖盆逐渐萎缩，在三大地形区之间发生古水系的溯源侵蚀，并相互袭夺。黄河干流也由此形成。随着西高东低地势的加剧，贯通后的内河干流奔流向海，变成了外河流，遂成黄河。

我国地势第二阶梯，东以太行山为界，由西向东海拔逐渐降低，一般在1000—2000米，地势较为平缓。这里的黄河流域大体分为两部分：陕西白于山以北属内蒙

流经兰州市的黄河

古高原，包括黄河河套平原和鄂尔多斯台地两个自然地理单元；白于山以南为黄土高原、豫西山地等。

再进甘肃的黄河，自西向东蜿蜒奔腾。滔滔河水在峡谷、盆地之间劈山斩谷，一路向前。黄河流经甘肃913千米，经过了八盘峡、柴家峡、桑园峡、乌金峡等众多峡谷。黄河的诞生、发育过程，就是不断挣脱束缚、斩关夺隘、滚滚向前的过程。

黄河所到之处，不仅滋养了一方水土、养育了一方人，更留下了无数的故事、无数的传奇。

黄河进入兰州，从两山一谷中穿流而过，洗濯与滋润了这座古城，使之散发出“得山独厚、得水独秀”的魅力。又因黄河对兰州气候的调节，使这座城市变得冬无严寒、夏无酷暑。唐代著名诗人岑参的《题金城临河驿楼》中写道：“古戍依重险，高楼见五凉。山根盘驿道，河水浸城墙。”另一位唐代著名诗人高适的《金城北楼》中写道：“北楼西望满晴空，积水连山胜画中。湍上急流声若箭，城头残月势如弓。”

2021年6月16日，我们对兰州进行了考察。途中听到的几个黄河故事像是兰州人的集体记忆，给我们留下了抹不去的印象。

先说黄河铁桥

兰州，自古以来就是“连络四域、襟带万里”的交通枢纽和军事要塞，是经略西北的咽喉。城因四周群山环绕、固若金汤而称“金城”。兰州内屏中原，外阻西域，是河西走廊的门户和沟通中原与西域的险津要冲，也是古丝绸之路重要节点。在黄河上修建坚固永久的桥梁，是统驭西北、护卫中原、发展经济之需，也是各民族交往交流交融之盼。光绪初年，陕甘总督左宗棠率部收复新疆。为便于军需运

黄河铁桥

输，他提出在兰州黄河上架设桥梁的意见，但终因筹资困难和洋商索价过高而作罢。

清末，“新政”兴起，政府鼓励官员使用外国新技术兴办实业。为解决黄河阻隔兰州南北交通的问题，兰州官员再提修桥建议，最终促成了铁桥的建设。清光绪三十四年（1908 年）黄河铁桥开工建设，清宣统元年（1909 年）竣工通行。铁桥长 233.33 米，宽 7.5 米，花费白银 30 万两。铁桥由美国桥梁公司设计，德国公司承建，中国工匠施工。钢铁、水泥、铆钉等建筑材料均由德国生产，运抵天津口岸后再用马车、牛车、人抬肩扛运到兰州。这是黄河干流上的第一座公路铁桥，曾被命名为“天下第一桥”。后来为了纪念孙中山先生，改名为“中山桥”。

黄河再入甘肃后向东北流淌，所以甘肃西北部也被称为“河西”。张骞出使西域后，河西始见于史籍记载。河西走廊指祁连山以北，合黎山、龙首山和北山以南，乌鞘岭以西的一条长约 1000 千米的狭长通道。

河西走廊曾为西北游牧民族的游牧地，先有大月氏驻牧于此，后有匈奴击败大月氏，占领河西。西汉元狩二年（前121年），汉武帝派骠骑将军霍去病出陇右击败匈奴。匈奴人北去，汉在河西设武威、张掖、酒泉、敦煌四郡。汉朝掌控了河西走廊，为张骞第二次通使西域创造了条件。

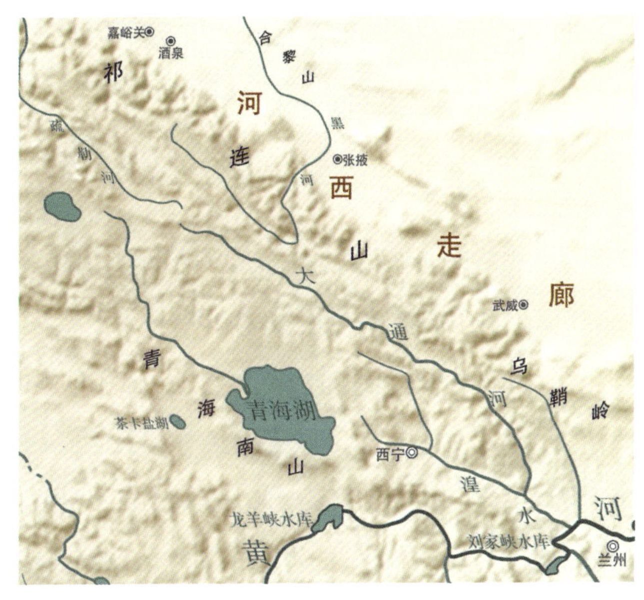

河西走廊位置示意图

河西走廊在历史上地缘位置重要，功能独特。它是一条纽带，一头连着中原，一头牵住西域，使中原与西域成为不可分割的整体；它是一个孔道，由此中央王朝经略西域，中国与中亚乃至欧洲的联络通道得以打通；它是一道屏障，中央王朝据此，可形成战略纵深、战略缓冲之势，护佑西北安宁。还有一点不可忽视，从生态安全上看，如果没有河西走廊的阻隔，新疆的沙漠与内蒙古的沙漠可能联手，对我国北方乃至全国气候环境的影响将是颠覆性的。

再回到铁桥。如今，黄河铁桥已经退役。它不仅是国家重点文物保护单位，还入选中国工业遗产保护名录，已成为兰州的一个历史文化标志。当地政府在黄河铁桥边上建了一座黄河铁桥博物馆，用大量的文字、图片和实物记录、还原了那段历史。

再讲水车的故事

水车是这座城市的另一个文化符号。

水车公园负责人向我们讲述了这样一个故事。明代，兰州人段续考中进士后，曾宦游南方数省。途中，他对湖广地区的木制水车产生了浓厚兴趣，详细了解其构造原理并绘制成图样。晚年他解甲归田，回到兰州。为了让家乡人更好地利用黄河水浇灌农田，他开始仿制水车。历经多次失败，他终于在明嘉靖三十五年（1556 年）获得成功。于是，兰州黄河两岸人民开始借助水车把黄河水提入渠首，用黄河水浇灌农田。水车的仿制和改进大大提高了黄河水的利用效率，推动了当地灌溉农业的发展，使兰州成了“水车之城”。

兰州水车（图片来源：视觉中国）

现在，水车早已退出了历史舞台，但人们没有忘记段续和水车，还在用各种各样的水车模型讲述着黄河岸边水车的故事，展示着黄河沿岸的田园风光。

还有羊皮筏子

羊皮筏子，旧称“革船”，俗名“排子”，是黄河沿岸群众传承下来的一种古老的摆渡工具。羊皮筏子一般由十几个吹鼓的羊皮囊捆扎而成。羊皮筏子有大有小，最大的羊皮筏子由600多个羊皮囊捆扎而成，用于河道运输。

羊皮筏子（图片来源：视觉中国）

羊皮筏子是古老的。据《后汉书》记载，东汉永和元年（89年），护羌校尉邓训在青海贵德领士兵渡河时“缝革为船”。《宋史》记载：“族临黄河，以羊皮为囊，吹气实之浮于水……”可见，自汉代以来，黄河沿岸曾使用皮筏运输。至于兰州一带，清光绪年间已普遍使用羊皮筏子，算来已有300多年的历史。

在水面宽阔河段，羊皮筏子也可用于大型货物运输，更多用于青海、兰州、包头之间的长途水上贩运。大的筏子可载重20—30吨，顺水可日行100多千米。铁路开通后，羊皮筏子便很少见到了。

羊皮筏子是黄河文化的重要组成部分，是古代劳动人民智慧的结晶。如今，乘坐羊皮筏子在黄河上观光，已成为兰州文化旅游的一个亮点。我们走在兰州滨河路上，偶尔能看到羊皮筏子在黄河上悠闲漂荡。远远望去，犹如一叶扁舟，人筏一体，随波逐流，颠簸前行，有惊无险。羊皮筏子已成为兰州的历史文化遗产。

离开兰州，我们取道临夏去青海，在青、甘交界处考察了刘家峡水库。

这是黄河进入甘肃的第一个大型水利工程，位于临夏永靖县城西的黄河干流上。这里地形复杂、山川相间、河谷纵横，属于盆地边沿的次高山群和高原浅山丘陵地带。黄河一级支流洮河在此注入刘家峡水库。水库于 1974 年建成，以发电为主，水电装机容量 122 万千瓦，年发电量 55 亿度左右，是西北电网的重要支点。水库地处高原峡谷，库区水面达 130 平方千米，周围群山环绕，湖面烟波浩渺，景色十分壮观，被誉为“高原明珠”。

2021 年 6 月

天下黄河富宁夏

黄河流到宁夏，就进入了河套平原。

“河套”之称始于何时，难以确定。《明史》记载：“大河三面环之，所谓河套也。”清代《河套图考》说得更具体，“河以套名，主形胜也。河流自西而东，至灵州（今宁夏吴忠市）西界之横城（今宁夏银川市兴庆区），折而北，谓之出套。北折而东，东复折而南，至府谷

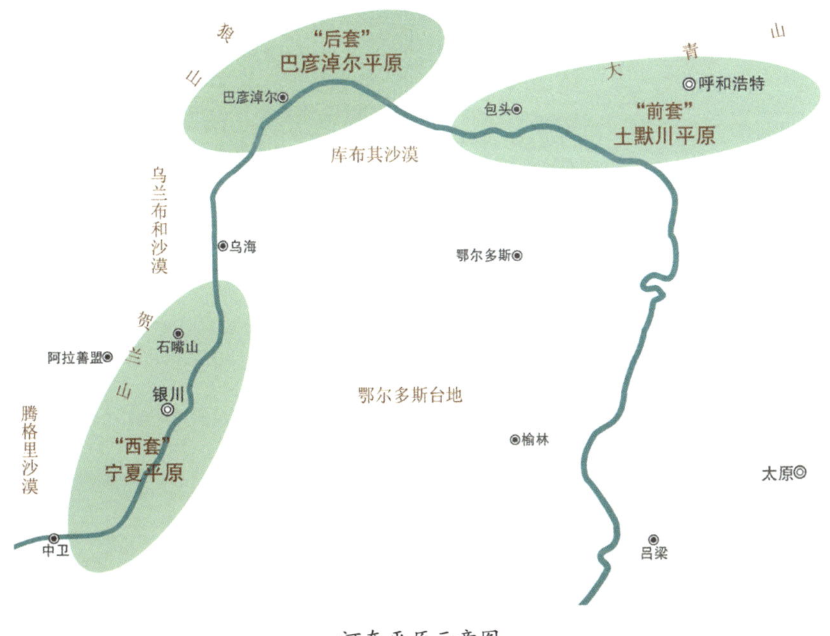

河套平原示意图

之黄甫川，入内地迂回二千余里，环抱河以南之地，故名曰河套”。

从地质上看，河套平原是鄂尔多斯高原与贺兰山、狼山、乌拉山、大青山之间的陷落地带。地理上把河套分为 3 个部分：贺兰山以东为西套，即宁夏平原，又称“银川平原”；狼山脚下为后套，指巴彦淖尔平原；大青山以南为东套，亦称“前套”或“土默川平原”。河套平原地质平坦，土地肥沃，气候适宜，又有黄河灌溉之利，是我国西北重要农区和商品粮基地。

当然，历史上河套地区的战略地位就十分重要。中原王朝历来重视对河套地区的经略与开发。清代学者顾祖禹有言：“河套南望关中，控天下之头项，得河套者行天下，失河套者失天下。河套安，天下安，河套乱，天下乱。”

说河套平原，还是先从宁夏平原切入。

黄河全长 5464 千米，在宁夏境内虽然不到其总长的 1/13，但却有“天下黄河富宁夏”之说。宁夏是沿黄九省区中唯一全境属于黄河流域的省区。万里黄河自中卫市南长滩村入宁夏，过青铜峡，到石嘴山市麻黄沟出境，全长 397 千米。

2021 年 6 月 15 日早晨，黄河考察小组从呼和浩特出发，晚上抵达银川，开始了黄河宁夏段的考察。

宁夏水利博览馆展示的黄河水利开发史表明，宁夏平原因黄河而存在，因黄河而发展，宁夏的命脉在黄河。自秦汉以来，宁夏引黄古灌区总是随着封建王朝的更替而盛进衰退，逐步发展成为与都江堰齐名的中国四大古灌区之一。宁夏经济社会发展史就是一部波澜壮阔的水利开发建设史。水利开发让宁夏人民过上了物阜民丰的生活。正如一首宁夏童谣所唱：“宁夏川，两头尖，东靠黄河，西靠

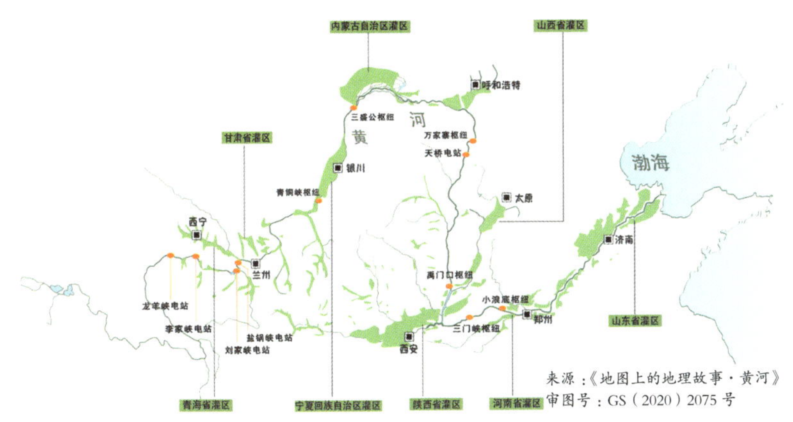

黄河流域现代灌溉区域分布图

贺兰山，年种年收，水浇田，金川银川米粮川。”

秦渠、汉渠、汉延渠、唐徕渠、东干渠、西干渠、惠农渠、羚羊角渠、大清渠、泰民渠、七星渠、美利渠等引黄灌溉古渠，流润千秋，惠泽至今。我们来到“九渠之首”青铜峡，秦渠、汉渠、唐徕渠等 2000 多年来不同时期修建的引黄灌渠依然在汩汩流淌，这些都是极其珍贵的历史文化遗产。

中国人崇尚水，“一方水土养一方人”道出了国人千百年来对水的情怀。史料记载，秦灭六国，结束了春秋战国以来诸侯国分裂割据、混战不已的局面。在统一和平的环境下，黄河流域开始了修渠引水灌溉的历史。秦始皇三十二年（前 215 年），秦始皇派大将蒙恬发兵 30 万北击匈奴，“略取河南地”，设立北地郡。

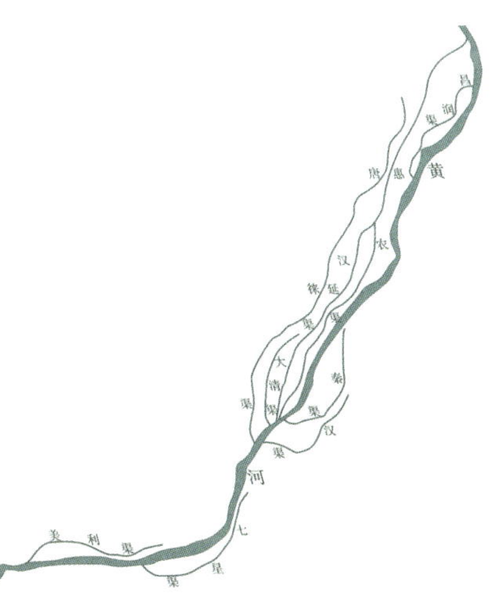

宁夏古灌区示意图

4 年后，“迁北河榆中三万家”，将部分移民安置在所辖 44 县之一的富平县（今宁夏金积镇附近）等地，实施军民屯垦，从此拉开了宁夏地区开渠引黄灌溉的序幕。汉代大规模移民实边，与当地居民大举屯垦挖渠，“引河及川谷以溉田”，使大面积黄河冲积平原变成良田，逐步发展成为黄河上游最大的灌区之一。西夏灭亡后，元代著名水利专家郭守敬等来宁夏治水，开始修建水利工程。从修筑水渠到建筑水坝、水闸，是黄河流域灌溉史上的巨大进步。

2017 年，宁夏引黄古灌区正式列入世界灌溉工程遗产名录。在宁夏水利博览馆，我们看到流传下来的包括“一套、一轴、一幅”在内的宁夏古河渠图，它们真实反映了中华民族实用理性精神在黄河流域的演进历程。宁夏引黄古灌区自秦朝开始屯垦开发，历经汉代的移民开发、屯垦凿渠，唐代的筑堤引水、垦荒开田，元代的因旧谋新、建闸设堰，明代的疏浚修治、改立石闸，清代的地丁合一、奖励开垦，推动了宁夏平原由游牧文明向农耕文明转变和民族融合发展。

宁夏黄河古灌区南接萧关和关中平原，北临鄂尔多斯台地，西靠贺兰山天然屏障，东至六盘山黄土高原，南北长 320 千米，东西最宽处 40 千米，海拔高程 1000—1200 米。古老的青铜峡灌溉渠系是此处最早的水利工程，已沿用 2000 多年，具有深厚的历史底蕴和丰富的水文化内涵。遍布宁夏引黄古灌区

青铜峡水利枢纽大坝

的古渠系历经各个时期的开凿、延伸和疏浚，形成了完善的无坝引水、激河浚渠等工程技术。由于布局合理，灌排渠系至今仍在正常运行。

1958 年，青铜峡水利枢纽工程动工。全国各地的水利建设大军从四面八方开赴塞上，在青铜峡大峡谷出口处拦河筑坝，兴建了黄河上游第二座拦河大坝，开启了宁夏水利建设新纪元。青铜峡水利枢纽工程改变了宁夏传统的引水方式，结束了黄河引黄灌区 2000 多年来无坝引水的历史。黄河开始流向宁夏中部干旱地带的土地，流向中南部贫困山区。

青铜峡位于山区与平原的交界处，是黄河上游最后一道峡谷。它由贺兰山、牛首山相夹而成，因两岸山石颜色类似青铜而得名。牛首山是一座宗教名山，规模不大。因有两座南北对峙、由一条山脊连接的山峰，望之如牛头上的犄角，故称“牛首山”。山里有两座古寺，香火旺盛，有“朔方名刹”之称。

青铜峡峡谷曲折，水流湍急，两岸山壁耸立对峙，奇景纷呈，突显雄、奇、险、峻、幽之特色。水韵青铜峡，迤逦大峡谷。青铜峡有山有水，便有了峡谷，有了码头，有了一部流传千百年的山水人文史。

到此，黄河流出山地峡谷，进入宁夏平原。

宁夏人概括当地的地貌是“两山一河”，即贺兰山、六盘山和黄河。贺兰山与黄河关系紧密，讲黄河离不开贺兰山。

雄峻的贺兰山横亘在宁夏西北部，处于宁夏与内蒙古的交界处，山脉呈南北走向，北起内蒙古磴口县巴彦敖包，南至青铜峡，绵延 220 余千米，东西宽约 30 千米，海拔 2000—3000 米。贺兰山西坡平缓，逐渐隐没在阿拉善高原，东坡山势雄伟，若群马奔腾，蒙古语称骏马为“贺兰”，故称“贺兰山”。

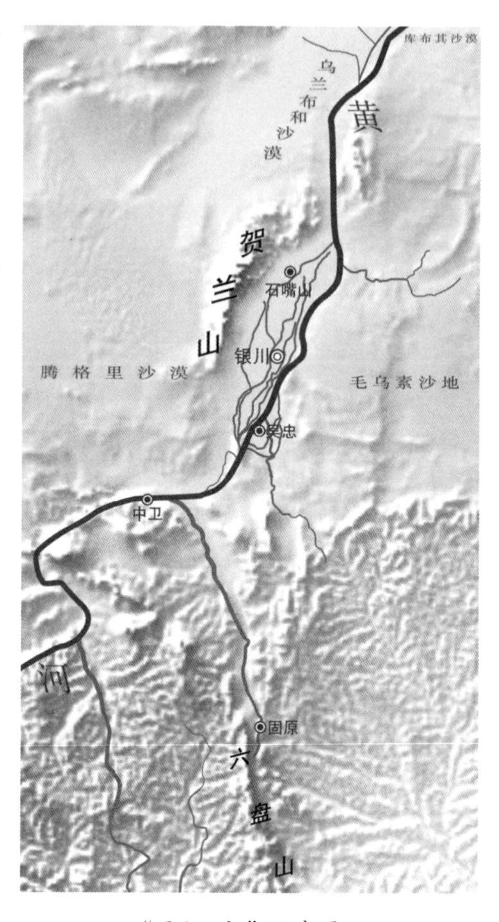

“两山一河”示意图

贺兰山是黄河流域生态系统的基本构成单元。在南端，贺兰山与牛首山造就了青铜峡，黄河在此掉头向北，并在贺兰山与鄂尔多斯台地的共同约束下向北流去。同时，贺兰山在南端与东西走向的祁连山形成了巨大豁口，向西延至河西走廊，并连通新疆南部地区。在北端，又同狼山构成巨大豁口，形成了阿拉善通道，向西可达额济纳旗进入新疆。这南北两大豁口形成了两条纵深的西北—东南走向风沙通道，是我国西北沙尘形成的主因，对西北、华北地区气候、自然生态有重大影响。

贺兰山是我国重要自然地理分界线和西北重要生态安全屏障。它是 200 毫米等降水量线，干旱与半干旱、农耕与游牧、内流区与外流区、森林植被与草原植被的分界线，影响着全国气候格局，稳定了季风界线。它保护着宁夏平原，使之免遭腾格里沙漠的侵袭。特别是由于贺兰山的阻隔，西北地区相邻的腾格里、库布其、乌兰布和三大沙漠未能联手，黄河也因此未被阻断。

宁夏全境都在黄河流域，六盘山自不例外。它地处宁夏南部黄土高原之上，是一个东南—西北走向的狭长山脉，是关中平原的重要屏障，也是渭河、泾河的分水岭和泾河、北洛河的发源地。六盘山气候具有大陆性和海洋性季风气候的特点，降水较多，气候比较湿润，天然次生阔叶林生长茂盛。这种独特的地理位置、气候特点和生态功能，对“苦瘠甲天下”的宁夏西海固地区环境起着重要的调节作用。

六盘山也是一座红色的山。在攻克了天险腊子口等重重难关后，1935 年 10 月，中央红军翻越长征最后一座大山——六盘山，毛主席写下了振奋人心的豪情之作《清平乐·六盘山》，抒发了中国工农红军“不到长城非好汉”的激扬斗志和必胜信心，标志着两万五千里长征的胜利结束。

宁夏平原曾孕育了西夏王朝。西夏，是党项人在西北建立的王朝。党项部首领李思恭，因平定黄巢有功，被唐朝赐皇姓“李”，并封为“夏国公”，又因其部位于西北，故称“西夏”。西夏前期与辽、北宋并立，后期与金、南宋并存，历经十帝，享国 189 年。

西夏王陵（图片来源：视觉中国）

西夏疆域辽阔，范围在今宁夏、甘肃、青海东北部、内蒙古西部及陕西北部。早期西夏谨慎地处理与中原王朝及周边辽、金和吐蕃政权的关系。经过 200 多年的休养生息，宁夏平原殷实富足，鄂尔多斯牧场肥美壮阔，党项势力日渐膨胀，同中原与周边的战事终于不可避免，最终于 1227 年被蒙古所灭。

黄河成就了宁夏“塞上江南”的美誉。宁夏引黄灌溉历经 2000 多年的持续发展，滋养了宁夏平原的农业文明，也孕育了灿烂的黄河文化。

黄昏时分，登高远望青铜峡，黄河从西南向东北穿过两侧的悬崖峭壁滚滚而来，在山谷间发出隆隆的回响。在斜阳的照射下，两侧的峭壁呈现出一片古朴的青铜之色。

2021 年 6 月

黄河“几字弯”

黄河流出甘肃，在宁夏、内蒙古、山西、陕西大地上挥毫泼墨，直抒胸臆，擘画了一个巨大的“几字弯”（亦称“黄河弯”）。黄河“几字弯”的范围，南起陕西白于山，西至贺兰山，北到阴山，东达吕梁山余脉管涔山。它处于青藏高原、黄土高原、内蒙古高原过渡带，是黄河在上游的最后杰作。

2019 年 12 月，黄河考察小组利用 4 天时间，沿黄河“几字弯”进行了实地考察，领略了它的博大、壮美与富饶。

黄河过兰州后逐渐向偏东北方向流淌。先是沿着香山和腾格里沙漠南缘由西向东，像一匹烈马，向着青铜峡狂奔而来。到了青铜峡，受牛首山和鄂尔多斯台地阻拦，调转方向，由南向北，沿贺兰山东麓穿行于乌兰布和沙漠和鄂尔多斯台地之间。河道逐渐变宽，局部显露砾石基岩，两岸沙丘、沙漠绵延起伏，一望无际。黄河向北流 300 多千米后，到了磴口。阴山山脉挡住了黄河的去路，黄河转弯向东，蜿蜒于河套平原之上。河道逐渐开阔，水流缓慢，形成了典型的平原河道。又向东流淌了 550 多千米，来到了托克托县河口村。

河口村是黄河上游与中游的分界点。在这里，受管涔山拦截，黄河几经挣扎、徘徊，留下了准格尔大峡谷奇观后，沿着晋陕边界一路南下，奔向中原。当然，也有专家推测，黄河流到河口时本可顺直向下到凉城，东流入永定河上游的洋河，再流往天津入海，却偏偏南下，绕了一个大大的弯，这也许是晋西北地壳运动抬升造成的结果。

从青海、甘肃来的黄河，沿途干旱少雨，大山纵横，沙漠集中。它却奇迹般地穿行在沙漠边缘，劈开层峦叠嶂的山谷，硬是切出一条通道，在宁夏、内蒙古大地，向人类奉献了一个富饶的河套平原。这是黄河对沿岸人民的慷慨恩赐。

黄河“几字弯”两岸形成的平原，地理上称之为“河套平原”。河套平原属断陷冲积平原，西南起宁夏中卫沙坡头，西北与乌兰布和沙漠相连，东北至清水河县喇嘛湾，东南到蛮汉山丘陵，长达 750 多千米，宽 50 多千米，平均海拔 1000 米。河套平原北依阴山山脉，西有贺兰山，东、南有鄂尔多斯台地。这些山脉、台地犹如一道道天然屏障，阻挡着腾格里沙漠、库布其沙漠和乌兰布和沙漠向黄河流域腹地侵袭，护佑着这片大平原。

黄河出兰州后，沿着腾格里沙漠南缘由西向东流淌。腾格里，蒙古语意为“天”，因此地流沙如渺无边际的天空而得名。其范围南到黄河，东达贺兰山，西至雅布赖山，面积 4.3 万平方千米。腾格里沙漠对黄河的侵蚀，主要体现在贺兰山南缘地带。

乌兰布和沙漠位于黄河“几字弯”西北，吉兰泰以东，狼山以南，为西北荒漠、半荒漠前沿地带，面积约 1 万平方千米。乌兰布和沙漠处于贺兰山与阴山形成的豁口西部，西北季风强劲，沙漠流动性强，其东缘仍在向前滚动。10 年前，乌兰布和沙漠每年有约 300 万吨泥沙输入黄河，近些年有所好转，主要得益于沿黄生态走廊的建设。

库布其沙漠位于黄河“几字弯”的顶端，黄河南岸。库布其，蒙古语意为“弓上的弦”，因为它像一根挂在黄河上的弦。库布其沙漠北部和东端紧靠黄河，南端止于鄂尔多斯台地脊线，面积约 1.8 万平方千米。这是一个以沙丘链和格状沙为主的沙漠，过去向黄河输沙多的年份输沙量曾达 1.5 亿吨，威胁黄河和河套平原的生态安全。现在，库布其沙漠的绿化、锁边治理成果明显，输沙量已得到有效控制。

鄂尔多斯台地位于黄河“几字弯”怀抱中，史称“河南地”，因地处黄河以南而得名。鄂尔多斯台地西、北、东三面有黄河环绕，南界长城，面积约 13 万平方千米，是一块相对独立的地理单元。其中，鄂尔多斯市辖 8.6 万平方千米，其余延伸到陕西北部。这是一块近似方形的区域，属干燥剥蚀台地，风沙地貌发育。库布其沙漠逶迤于台地北缘，多为流动沙丘；毛乌素沙地绵延于台地南部，除西北部有流沙分布外，多呈固定或半固定状态。台地内盐碱湖泊众多，降雨形成地表径流汇入湖中，成为黄河流域内的一片内流区，面积达 4 万多平方千米。

鄂尔多斯台地北部分布着十大孔兑（洪水沟），即由南向北汇入黄河的十条相邻的一级支流。流域面积 1 万多平方千米，水土流失面积 8000 多平方千米。多年来，内蒙古高度重视十大孔兑的治理，通过项目整合投入了大量人力、物力和财力。为从根本上解决十大孔兑的隐患，早在 2010 年 4 月，水利部和内蒙古自治区人民政府联合批复了《黄河内蒙古河段十大孔兑治理规

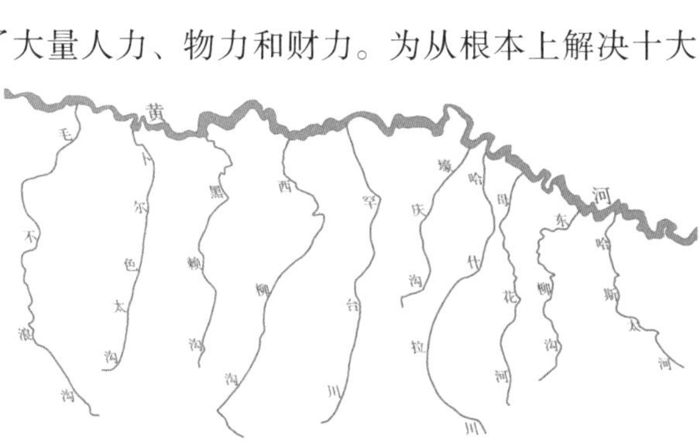

黄河十大孔兑示意图

划》(以下简称《规划》)。《规划》的指导思想为以控制突发性洪水泥沙为主，通过拦、蓄、分、用、排等综合措施，控制洪水泥沙灾害，防止水土流失。我们在现场看到，经过多年坚持不懈治理，现已形成了上游整治丘陵沟壑区、中游控制风沙区、下游建设平原区的整体布局。据统计，历史上十大孔兑曾向黄河年输沙达 1 亿吨。近几年，十大孔兑向黄河年输沙 2000 多万吨，鄂尔多斯向黄河输沙量明显减少。

黄河流经内蒙古自治区 843.5 千米。内蒙古黄河流域是国家重要能源基地，也是内蒙古发展的火车头。这里，煤炭、电力、石油、天然气、风能、太阳能等资源丰富。沿黄地区电力装机总量、新能源装机总量和外送电量分别占全区的 64%、56% 和 44%。这一区域还是内蒙古重要的现代煤化工、冶金、稀土、装备制造产业基地，煤制油、煤制天然气、煤制烯烃等现代煤化工产业规模日益壮大，科技创新走在世界前列。这里，有呼包鄂城市群，集中了内蒙古自治区 1/3 的人口，是自治区最具活力的增长极。

内蒙古黄河流域有草原、湖泊、湿地、沙漠、戈壁等多种自然形态。这里是内蒙古生态最脆弱的地区，发展压力大，保护任务重。

黄河“几字弯”历史悠久，文化厚重。自古以来，这里就是农耕文化与游牧文化交错地带，是多民族聚居、融合发展的地区。秦汉时期，这里是中原王朝与匈奴征战的战场。秦始皇派大将蒙恬率 30 万大军北击匈奴，取得了河南地，在此设置 44 个县。接着，蒙恬主持修筑了一项规模宏大的军事工程——秦直道，南起云阳（今陕西淳化县），北达九原（今内蒙古包头市西），从渭河流域直达阴山，以防范匈奴南侵。汉武帝时，大将卫青再败匈奴，收复河南地，设朔方郡（今内蒙古杭锦旗北）、五原郡（今内蒙古包头市），并从内地移民 10 万，开垦戍边。北魏时期，鲜卑族人由此南进，统一北方，迁都洛阳，实现了北方民族的大融合。隋唐时期，中原政权在这一带与柔然、突厥等游牧民族交流碰撞。宋、辽、西夏、金曾在这里争战。元代，这里实现了统一。明代大规模修筑长城，使长城与黄河在此握手。清代，各族人民在此生产生活，和睦共处。

黄河“几字弯”地理位置重要，生态环境脆弱。实现黄河流域生态保护和高质量发展，事关国家生态安全、能源安全、粮食安全。处理好生态保护与高质量发展的关系，是我们必须解决好的重大课题，也是我们必须承担的重大历史责任。

2019 年 12 月

天赋河套

夏秋之交，内蒙古河套平原上青黄交织，一派丰收景象。纵横交错的灌渠在广阔的平原上描绘出优美的几何图形。

九曲黄河十八弯，最大一弯在河套。在贺兰山脚下，黄河先是向北流，继而向东流，再折向南流，形成了马蹄形大弯，其周边地区被形象地称为“河套”。

河套平原是阴山山脉与鄂尔多斯台地间的断陷冲积洪积平原，东西长约 500 千米，南北宽 20—90 千米，面积近 2.6 万平方千米，平均海拔 1000 米。内蒙古河套平原主要分为两个部分，狼山以南为后套平原，大青山以南为土默川平原。

后套平原，也称“巴彦淖尔平原”，在磴口至包头西山嘴之间，东西长约 180 千米，南北宽约 60 千米，面积 1 万多平方千米。这里地势平坦，土质肥沃，但降水稀少，自古以来靠引黄河水灌溉，农业发达。

土默川平原，因明清时为蒙古土默特部驻牧地而得名，又称“前套平原”或“呼和浩特平原”。土默川平原西起包头乌不拉沟口，东至蛮汉山，北靠大青山，南抵黄河及和林格尔黄土丘陵区，是一片沃野之地，黄河一级支流大黑河蜿蜒其中。就是这片土地，托起了呼和浩特、包头两座现代化都市。土默川平原东部的托克托县河口村是黄河上游与中游的分界点，流程达3470千米的黄河上游河段到此为止。

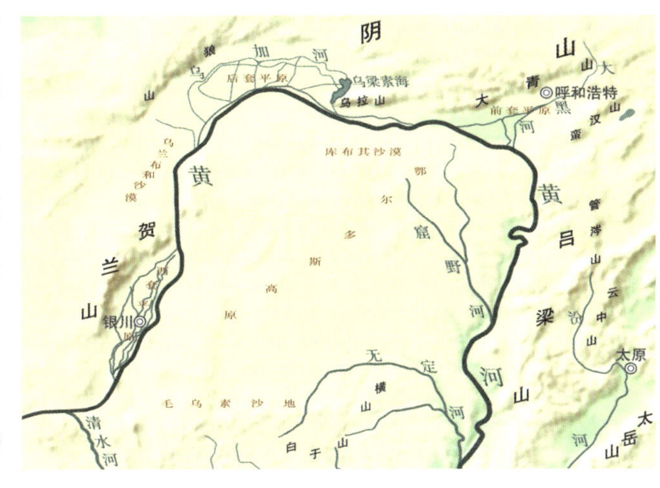

河套平原地势图

黄河流入河套平原后，在今磴口县的补隆淖西北分为南、北两个河道：南河道为次河道，即现在的河道；北河道为主河道，叫乌加河。那时的黄河，沿着阴山山脚缓缓东流，通过明安川，在现包头昆都仑河处转头向南。

明安川位于河套平原东部，是巴彦查干山与乌拉山之间的一块山间盆地。明安川西至乌梁素海，东到台梁，呈三角形，面积约1800平方千米，为黄河冲积平原。黄河改道以后，明安川成为一处优良牧场。

其实，在平静的河流下，地壳运动从未停止。地质资料显示，阴山山脉一直在上升，河套平原持续下陷。于是，到了清朝初期，现在的乌梁素海区域抬升超出了黄河流淌的高度，河流在此受阻，无法东流，于是转弯向南，形成了一段北南走向的河道。这是黄河在这里的第一次改道。

同时，在河套西北部，狼山与贺兰山之间存在一个巨大的缺口，这个缺口形成了一个西风通道。强大的西风携带乌兰布和的风沙长年入侵和挤压黄河河道，加上狼山山洪频发，大量山石滚落、堆积，使乌加河河床持续抬升，最终于清道光三十年（1850 年）乌加河被堵塞 15 千米，使北河道断流。黄河主流流向南河道，黄河又一次改道。

黄河的这两次改道皆因阴山。

古老的阴山山脉横亘在内蒙古中部和河北省北部，由狼山、乌拉山、色尔腾山、大青山等组成，呈东西走向。阴山山脉是青藏高原隆起形成的次生山脉，在漫长的地质演化过程中，形成了独特的地貌景观。阴山山脉的最大特点是南、北两坡不对称，南坡断层下陷，直落近千米，降至河套平原，北坡和缓，逐渐隐没于内蒙古高原。阴山山脉处于温带半干旱区，是一条重要地理分界线。山脉南北的降水、气温、风力、无霜期都有很大差异，山脉以南是富饶的河套平原，山脉以北是内蒙古典型草原和荒漠、戈壁。阴山作为北方重要的天然屏障，保护着我国西北、华北的生态安全。

阴山山脉历史悠久，文化厚重。自古以来，这里就是中原农耕民族和北方游牧民族交往交流交融的重要地带。山间多南北纵向宽谷，是中原与草原交流的主要通道。战国时赵武灵王已将版图延伸至阴山山脉，并在土默川设置云中郡。此后，中原王朝与匈奴、鲜卑、柔然、突厥、蒙古等游牧民族交流、碰撞，在这里上演了一幕幕跌宕起伏的历史剧。阴山山脉历史文化遗产丰富，有昭君墓、战国长城、五当召、美岱召等。“敕勒川，阴山下，天似穹庐，笼盖四野。天苍苍，野茫茫，风吹草低见牛羊”，这首《敕勒歌》中所唱的的敕勒川即河套东部地区。

黄河的两次改道，造就了乌梁素海。

乌梁素海一瞥

乌梁素海如一颗璀璨的明珠，镶嵌在河套平原东端。乌拉山南麓气候干旱，长年不断的西风裹挟着风沙一路东行，而乌梁素海却静静卧在这里。据史料记载，一千多年前，这里还是一片草原。黄河由于东流受阻，急转南下，在这里冲出了一片大洼地，形成了积水洼，这就是乌梁素海的前身。水洼岸边长满了红柳，人们便称之为“乌梁素海”，蒙古语意为“红柳湖”。后来，随着河套灌溉规模的扩大，已经废弃的乌加河故道成了天然的退水通道。各大渠道退水都经此汇入乌梁素海，加之黄河经常决口泛滥，使乌梁素海最终成“海”。

乌梁素海已成为内蒙古西部天然屏障和重要生态坐标。它的西面和南面有库布其和乌兰布和两大沙漠，且两大沙漠持续向东滚动。因为有了乌梁素海，沙漠止步于包头以西，周围的生态环境也因其而改变。在乌梁素海流域，山水林田湖草沙相依共存，是一个生命共同体。

黄河从磴口县巴彦高勒镇流入平原，到清水河县喇嘛湾镇出境，长 550 千米。此段河道宽阔，河曲发达，河床坡度小，水流平稳，利于农田灌溉。早在秦代，这里就屯兵移民，引黄河水灌溉农田。汉武帝时设朔方郡和五原郡，后又置云中郡、定襄郡，内地移民迁入后，大力发展引黄灌溉，农业呈繁荣景象。此后，河套地区成为中原王朝与草原游牧政权反复争夺、拉锯的地方，使这一带在农区与牧区之间不断变换。历史上，但凡河套地区进入和平稳定期，就会掀起农业开发热潮。

元明时期，河套地区为畜牧业区。到了清代中后期，山西、陕西移民“走西口”，河套平原成了农业开垦区，并且推动了新一轮灌溉农业的发展。到了光绪年间（1875—1908年），引黄灌溉已成规模，建成了永济渠、长济渠等八大灌渠，灌溉农田达到2000平方千米。河套平原成了我国西北地区最重要的农业区之一。

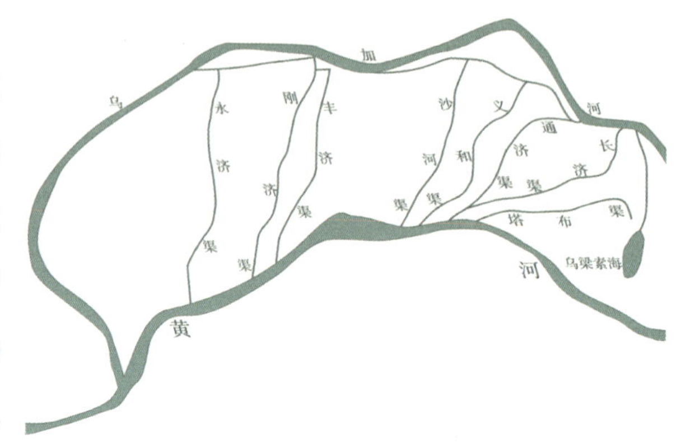

清代后套八大灌渠分布示意图

抗战时期，傅作义将军屯兵于此，兴修水利，成果斐然。然而，由于缺少规划，渠系紊乱，无坝自流，常常是旱时水不进渠，汛时泛滥成灾。

新中国成立后，河套灌溉农业发展进入了黄金期。1961年建成三盛公水利枢纽工程，这是河套水利建设史上的里程碑。

黄河三盛公水利枢纽工程

工程建在黄河上游干流上，位于河套平原和乌兰布和沙漠交界处。这是一个以灌溉为主，兼有防洪、防凌等综合功能的大型水利枢纽工程。拦河坝全长309米，将闸前水位抬高5米左右，保证了引黄灌区有坝自流灌溉，结束了河套平原无坝自流灌溉的历史。

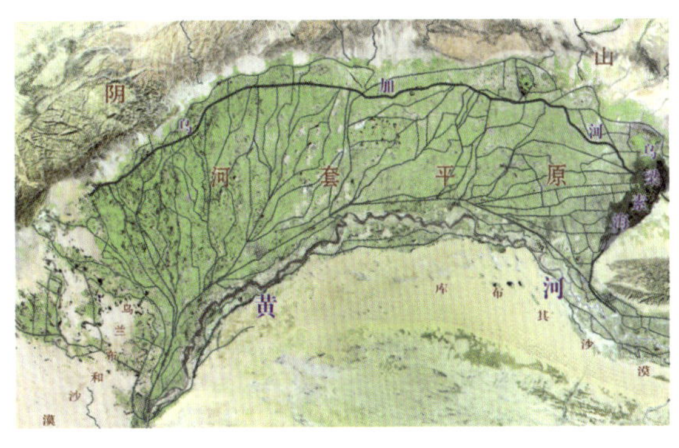

河套灌渠影像图

三盛公水利枢纽工程的建设，有力推动了河套灌区发展。自20世纪50年代以来，河套地区不断进行灌溉系统建设，现已建成500多千米的总干渠、5道灌水干渠和13道排水干渠，支、斗、毛渠成龙配套，从根本上解决了河套平原7000多平方千米灌区引黄灌溉问题，创造性地变黄河水害为宝贵的水利资源，使河套平原成为名扬天下的“塞上粮仓”。

今天的河套平原渠网密布，绿荫蔽日，瓜果飘香，生机勃勃。

2019年8月

河口村记忆

黄河之畔，水汽氤氲。河面宽阔，水流平静，眺望悠悠黄河，仿佛看到帆点点、桅幢幢，仿佛听见车辚辚、马萧萧和橹声、驼铃声，从数百年前穿越而来……托克托县河口村位于黄河上游与中游的分界点，黄河“几字弯”的右上角，曾为水旱码头，繁盛一时。

2020 年 11 月 4 日，黄河考察小组从呼和浩特出发，驱车来到了托克托县河口村，开始了对黄河中游的考察。

河口，蒙古语为“湖滩和硕”，因大黑河由此注入黄河而得名。河口，以连通中原与塞外商贸交通的“黄金水道”之形象为黄河上游画上了句号，同时又掀开了泥沙俱下的中游序幕。

托克托县河口村

汽车约莫跑了一个小时，我们来到了河口村黄河岸边。在黄河上中游分界碑处看黄河，从西而来的黄河在这里冲刷出一段宽阔而平坦的河床。河面宽约 500 米，水流舒缓，水面波澜不惊。黄河从河口擦身而过，东行不远，突然转首南下，地势由高而低，水流由缓而急，穿越黄土高原，一路奔腾，进入晋陕大峡谷。

先有渡口，后有码头。“河口”之名始于何时，史无确切记载。而其作为渡口，则有一千多年历史。据当地人说，在河口村南的黄河岸边，曾竖立一块白底红字的木牌，上写“君子津”3个大字。历史上，黄河多次改道，但河口的渡口、码头的位置没有改变，因为黄河河口段西南岸是鄂尔多斯台地，河岸由砂石岩组成，千百年来，任凭波涛拍打，河道南移甚少。如果河水泛滥，只能浸没东北岸，而每一次河水出岸，都使河口所在地逐次淤高。水退后，山河依旧，从而形成了相对稳定的天然码头。

据史料记载，汉代时河口码头已经出现，此后历经魏晋、隋、唐、辽、金、元、明直到清代，河口码头一直发挥着重要作用。黄河上游的粮油、盐碱等物资和下游的煤炭、石材、木料等物料均运到河口集散、交易。特别是明末清初旅蒙商道形成后，晋北地区的物资和归化（今内蒙古呼和浩特市）、张家口、北京、天津等地的茶叶、丝绸、布匹、杂货等也运抵这里进行交易。河口逐渐成为黄河上中游的贸易河运码头和商品集散地。河口商贸交易区域辐射范围：北至俄罗斯，南达晋陕，东连京津，西接宁甘。

河口在辽金时期成为货物集散地。至元朝，河套地区大量物资通过黄河运到中原地区，促进了黄河漕运的发展。明朝初期，由于战事频仍，河口水运一度受到影响，但没有完全中断。清康熙年间，清廷在河口设立官渡。随着河套平原农业垦殖规模的日益扩大，河口成为重要的粮油码头。清嘉庆年间，朝廷在此设立盐务管理机构，河口由“村”升格为

“镇”，成为塞外重要的盐务口岸。之后从河口转运的甘草行销全国，出口东南亚、欧美等地，并由此聚集了公义昌、荣升昌等一批甘草商号。还有毛皮、木料等土特产品经河口源源不断运往各地，促进了地方经济的繁荣发展。

在近300年的历史进程中，河口成为沿黄地区商品集散地，人口在此大规模流动，促进了民族融合。这里有河流、山脉、湿地、沙漠等得天独厚的自然风光，有黄河上中游分界处的水旱码头和君子津古渡，有隋炀帝乘龙舟渡河、清康熙起帆出征等历史故事，有广受各族群众喜爱的踩高跷、扭秧歌、舞龙灯、跑旱船等民俗活动和二人台民间小戏……

河口，是黄河上游与中游的分界点，是万里黄河的一个重要地理坐标。

那么，这里为什么成为黄河上游与中游的分界点？虽然我们没找到标准答案，但有一点是明确的，河口村是黄河的一个重要拐点。黄河流进内蒙古后，从磴口转向东流，蜿蜒于河套平原之上。此处河床比降小，流速缓慢。黄河东流580多千米后，到了河口村。在这里，黄河再次拐弯，由北向南切割开黄土高原，直奔中原。

黄河上中下游分界图

说到此，又生出一个问题，黄河为什么在这里拐弯？原因是受晋北管涔山的阻拦，黄河无法东去，加之北有阴山，北上不成，只好南下。

管涔山是吕梁山北麓的延伸山脉，北接阴山，南承吕梁，西抵黄河东岸，绵延数百千米。山南麓发源了“山西的母亲河”汾河，北麓则孕育了永定河的上游桑干河，人们常用“一山分二水，清泉哺晋京”来形容管涔山的作用。管涔山是拱卫汾河谷地的天然屏障，古称“晋山之祖”。

管涔山位置示意图

还有一个重要因素不可忽视。虽然人们常讲“九曲黄河万里沙”，但其实黄河上游的泥沙量并不大。资料显示，黄河近 80% 的泥沙来自河口至三门峡区间。黄河上游很长一段河段，河水清澈湛蓝，浅处清澈见底，深处碧绿如蓝。但从河口村进入沟壑纵横、水土流失严重的黄土高原后，河水变得浑浊，泥沙俱下，成为真正的“黄河”。而这也是划分黄河中下游的一个重要考量。

离开河口村，我们察看了大黑河。古老的大黑河在呼和浩特城南缓缓流过。这几年地方政府集中力量修复河道、绿化护岸，打造了新的城市景观带，开拓了城市向南发展新空间。大黑河是黄河上游末端一条一级支流，发源于卓资县坝顶村，干流长 236 千米，在河口村汇入黄河。因受大青山径流冲积扇影响，流域内土质黝黑而称“大黑河”。大黑河流域地势平坦，土地肥沃，灌溉便利。流域内盆地面积 5154 平方千米，是敕勒川平原的重要组成部分。这是条奇怪的河，此段黄河流向由西向东，而大黑河干流则由北东方向流来，与黄河形成了对流格局，因此也被称为“逆向支流”。

每年初春开河时，宁夏石嘴山到内蒙古河口段黄河经常发生冰凌洪水，又称“凌汛”。造成这种水文现象的原因是，此段黄河纵向跨度大，河水从低纬度流向高纬度，气温是上游暖下游寒，解冻时上游早于下游，而结冰封河则是先下游后上游，所以当上游解冻开河时，下游还处于封河状态，上游下泻的冰水在转弯、卡口等狭窄河段极易结成冰坝、冰塞，导致上游水位急剧升高，出现冰凌水害。

古镇河口虽小，却见证了黄河上中游经济繁荣发展的历史，记录了各族群众交往交流交融的过程，在黄河水运史上发挥了重要的作用。

2019 年 12 月

来源：《地图上的地理故事·黄河》 审图号：GS（2020）2075 号

晋陕大峡谷

晋陕大峡谷

黄河自托克托县河口村急转南下，直到山西河津市禹门口，飞流直下 700 多千米，水面落差 600 多米，将黄土高原劈成两半，形成了典型的峡谷型河道。以河为界，左岸是山西省，右岸是陕西省，因之被称为“晋陕大峡谷”，亦称“秦晋大峡谷”。

晋陕大峡谷由北向南穿过黄土高原，河道顺直，谷底宽平，大都

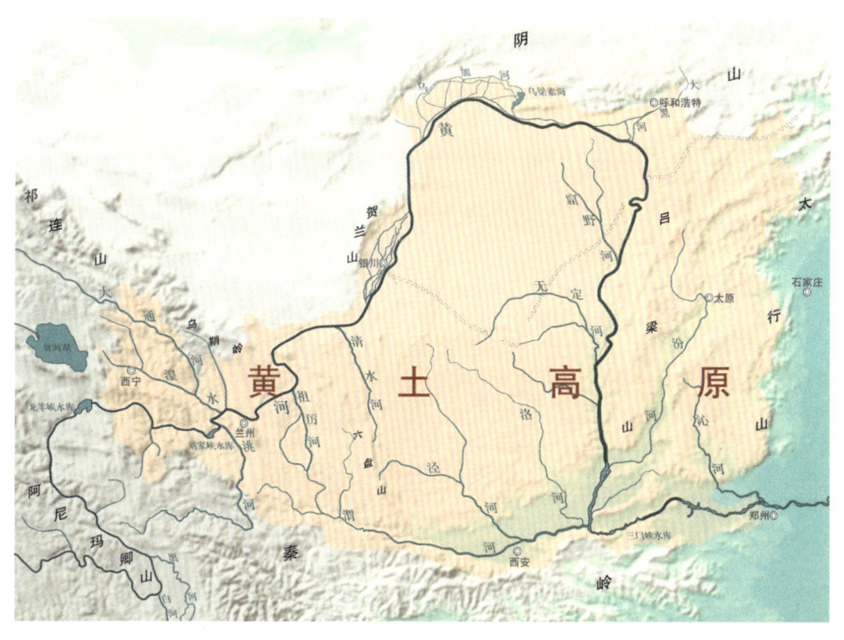

黄土高原示意图

宽 400—600 米。峡谷两侧均为广阔的黄土高原。高原土质疏松，水土流失严重，支流水系发育，每年有大量的泥沙输入黄河。据统计，此段区间支流每年向干流输送泥沙约 10 亿吨，占全流域年输送泥沙量的 60% 左右，是黄河流域泥沙输入量最多的地区。

我们沿着黄河南行。根据路况，汽车行驶时而在左岸，时而在右岸。晋陕大峡谷上桥梁很多，左右岸交替行进很方便。在左岸，沿着吕梁山西麓一直向南行；在右岸，公路一直出没在陕北深谷之中。

黄河姓黄，和黄土高原有关。黄河进入中游，主要在黄土高原上流淌。我们考察的第二天，汽车全天穿行在陕西府谷、佳县、吴堡、延川和山西保德、兴县、临县之间，这里沟壑纵横，地貌破碎，山路崎岖，沟谷众多。

黄土高原是世界上最大的以黄土细沙为主体的高原。它北起长城，南界秦岭，西抵乌鞘岭、日月山，东至太行山西麓，面积 64 万

黄土高原地貌景观（图片来源：视觉中国）

多平方千米，海拔 1000—2000 米。

黄土高原的地貌主体是塬、梁、峁、沟、壑。通俗地说，塬像个桌子，桌面平坦，地面广阔，适合耕作。梁是长条状的垄冈，峁是圆形土丘，梁和峁是被沟壑分割的黄土丘陵地形，统称为黄土沟壑区。这些塬、梁、峁、沟、壑相间分布，构成了梁峁起伏、沟壑纵横、河谷深切、山川相间的地貌。塬面、峁顶与沟底相对高差大，因土质疏松和植被稀疏，在雨水径流的侵蚀和重力作用下，滑坡、崩塌、泻溜频发，形成大面积的鸡爪沟，进而造成严重水土流失，成为黄河泥沙的主要来源地。黄河右岸的陕北地区就是这种地貌的典型代表。

研究表明，黄土高原形成的主要原因有：一是风力搬运沉积，二是水土流失侵蚀，三是人类过度开发。“风成说”渐居主导，黄土主要来自中亚和蒙古高原等干旱沙漠区。千百万年来，每到冬春时节，这些地区西北风盛行，狂飙骤起。大的石块留在原地，成为戈壁，小

黄土高原地貌景观（图片来源：视觉中国）

的沙粒落在附近，聚成沙漠，细微的沙土则乘着西北风飘向东南，在秦岭和太行山的阻挡下降落。久而久之，黄土慢慢积累，加上长期的流水侵蚀，形成了黄土高原现今的模样。

黄土高原地势平坦，土层深厚，土质松软，土壤养分充足，而且气候温和，降水适中，所以利于耕作。据史料记载，早在商周时期，这里的农业便开始由原始农业向传统农业转变。黄河流域是中华民族的发祥地，人口密度大，西周时人口约 1300 万，其中一半人口分布在汾渭平原。然而，由于长期大规模开发，植被遭到破坏，加上干旱少雨，水土流失严重，黄土高原成了黄河的主要沙源。据测算，黄河多年平均输沙量为 16 亿吨，仅黄土高原就输送了近 10 亿吨。

关于黄河是中华民族的母亲河这一观点，我国著名历史地理学家葛剑雄进行了深入分析。他认为，一是因为黄土高原土壤疏松。当时的长江流域，植被过于茂密，有很多森林沼泽，以当时人类的生产力水平，没有很好的生产工具来开垦耕地。而黄河流域没有茂密的森林，在当时比较适合发展农业。二是因为黄土高原地处北温带，总体上适合人类生存。“五千年前，这一带的气候正经历一个温暖期，三千年前后有一个短暂的寒冷期，然后又重新进入温暖期，直到公元前 1 世纪才转入持续的寒冷。”此外，黄土高原上有很多平坦的塬，而且集中连片。这样的气候、土壤环境，不仅在中国，就是在当时的北半球，也是最有利的生存环境。

行走在黄土高原上，我们感受到，这些年来，由于黄河流域生态保护、修复和治理的加强，黄土高原生态明显改善，总体呈现好转态势。我们看到，大规模的水土流失治理工程、退耕还林还草工程和植树造林工程，使黄土高原上的沟、壑、梁、峁长满了树和草。我们在现场仔细观察，已找不到由于水土流失造成的新的鸡爪沟痕迹，昔日的“黄土高坡”已被一片片油松、刺槐和果树等所覆盖。这表明，黄土高原上的水土流失已得到了有效控制，这里的山河面貌正在发生改变，陕北大地的主色调已由黄变绿。

黄土高原生态保护已见成效

黄河体弱多病的表象在河中，根子却在岸上。据当代历史地理学家谭其骧考证，从东汉到唐中期，黄河曾维持了数百年的安稳。但到了唐后期至北宋，河患多发，北宋尤甚。对此，谭先生认为，东汉以后，黄土高原一带战乱频发，农民纷纷迁出，北方游牧民族大规模涌入，农区变成牧区，农地渐渐变成了荒草地。由于生产方式的改变，水土流失改善，流进黄河的泥沙少了，下游河床也不再抬高了，两岸堤坝没有被破坏，黄河也就相对安澜了。这也给后人治黄以启示，沿河两岸退耕还林还草、恢复植被是治本之策。

当然，我们追求的是黄河水体的健康和永续利用，而非让黄河变清。黄河姓黄，不要幻想让它更名改姓。

黄河晋陕段有一个独特的自然现象，那就是吕梁山与黄河山水相伴，携手南行。山束着水，水随着山，山水相依，构成了大山大川的壮阔景观。1936年2月的一天，漫天大雪，毛泽东主席站在陕北袁家沟黄河边，脚踏黄土高原，东望吕梁山写下了气吞山河、大气磅礴的不朽名篇《沁园春·雪》，表现了中国共产党人的万丈豪情和必胜信心。

吕梁山与黄河携手南行

吕梁山，位于山西省西部，纵贯南北。山脉长500多千米，宽约100千米，山势雄伟奇特，是一条重要的自然地理分界线。山西民歌唱的“左手一指太行山，右手一指是吕梁”，指的就是吕梁山。吕梁山脉以西，为黄河晋陕界河段，岸上是黄土连续分布的黄土高原腹地；山脉以东，为南北延续的汾河河谷地带，黄土断续分布。

太行山、吕梁山分列东、西两侧，中间为汾河谷地。两山夹一河，河为表，山为里，是三晋大地表里山河的基本特征，由此形成了山西的历史文脉和独特的地域风情。

吕梁山的山体由花岗岩组成。花岗岩地貌的发育深受岩性影响，一方面因块状结构、坚硬致密、抗蚀力强，形成陡峭险峻的山地；另一方面因风蚀化岩壳松散偏砂，其下原岩不透水，易产生地表散流与瀑布。由于长期的风化与剥蚀，形成了现在的地势陡峭、岩石裸露、崖壁林立、奇峰深壑的地貌。行走在黄河右岸，向左岸望去，这样的景观比比皆是。

汾河，又称“汾水”，是黄河第二大支流，发源于晋西北宁武县境内的管涔山脚下。汾河纵贯山西南北，流经忻州、太原、吕梁、晋中、临汾等地，在晋西南运城市万荣县庙前村汇入黄河。汾河长713千米，流域面积近4万平方千米，形成山西中部的汾河谷地。汾河是山西最大的河流，流域面积约占山西省面积的25%，该区域集中了全省重要的经济板块，被称为“山西的母亲河”。

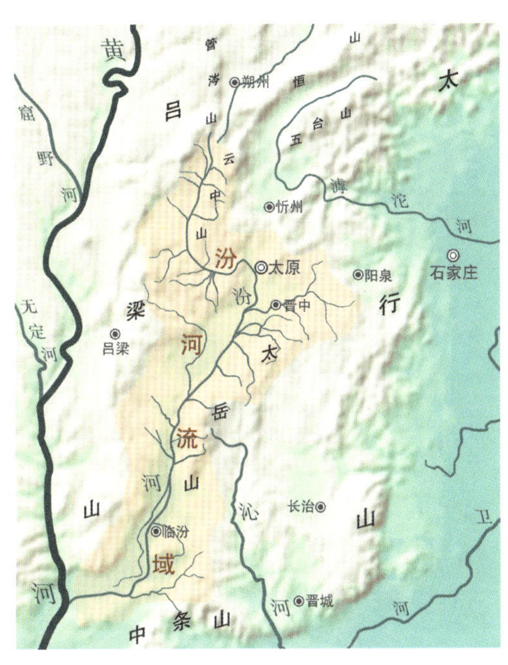

汾河流域示意图

山西的河流分属两大流域：西部属黄河流域，东部属海河流域。西部除汾河外，还有一条黄河一级支流沁河，发源于沁源县太岳山东麓（一说平遥县黑城村），自北向南流淌，切穿太行山流入河南武陟县，最后注入黄河。而山西东部的河流多切过太行山，沿横谷进入华北平原，汇入海河水系。

在黄河右岸，还有窟野河、无定河两条一级支流注入黄河。

窟野河，发源于鄂尔多斯市东胜区巴定沟，向东南流经毛乌素沙地南缘，穿过黄土丘陵沟壑，于陕西神木市沙峁头村注入黄河。这是一条主要靠降水补给的河流，水土流失严重，含沙量极大，多年平均径流量仅为7.5亿立方米，而输沙量则达1.3亿多吨，占陕西省多年平均向黄河输沙量的一成半。

无定河，发源于陕西定边县白于山北麓，由北向南流经定边、靖边、米脂、绥德等地，在清涧县河口村注入黄河。无定河水流不定、清浊无常，交错纠缠于沙海与黄土之间，特征是水少沙多，多年平均径流量 15 亿立方米，而输沙量在 2 亿吨上下，输沙量仅少于渭河，居各支流第二位。作为陕北的母亲河，无定河见证了陕北千百年来苍凉而悲壮的历史，孕育了以边塞诗词、信天游为代表的边塞文化。

黄河流域是中华文明肇兴之地。早在石器时代，这里就迎来了文明的曙光，如仰韶文化、龙山文化等。6000 多年前，农事活动出现于黄河流域。到了 4000 年前，这里开始出现氏族部落和部落联盟，其中以炎帝、黄帝两大部族最为强大。在相互征伐中，黄帝战胜炎帝等其他部落，并与之融合形成华夏族。

2020 年 11 月 8 日，我们拜谒了黄帝陵。黄帝陵是中华人文初祖黄帝的陵寝所在地，位于今黄陵县的子午岭之巅、沮河之畔。子午岭，唐代以前称“桥山”，是个起伏不大的石质低山丘岭，位于泾河与洛河两大水系之间，山势呈南北走向。古人称北为“子”，南为“午”，故称“子午岭”。沮河，古称“姬水”，发源于子午岭东麓，由西向东穿流在桥山脚下，

黄帝陵

是洛水的支流。传说，黄帝所在的部落起源于子午岭，又因其“长于姬水，因以为姓”，所以黄帝去世后被安葬在这里。

黄帝陵所在的桥山气势雄伟，林木茂密，古柏参天，沮河环绕。此情此景，笔者不胜感慨，吟诵道：“中华肇始五千年，炎黄子孙一脉牵。”

2020 年 12 月

峡谷奇观

黄河流经晋陕大峡谷，落差大，水流急，河谷深切，多个河段两岸悬崖峭壁，河谷形态万千，形成峡谷奇观。尤其是在吴堡到壶口段，为深切曲流峡谷，河流曲折，河道狭窄，水流湍急，绝壁栉比。

河流是地球上一种极其强大的力量。从古至今，黄河一直塑造和改变着流域的面貌，是中国北方陆地上最活跃的地质动力。我们沿着黄河的“足迹”看黄河，也是在寻找隐藏在黄河中的无限能量。峡谷奇观，就是黄河的一组绝妙作品。

黄河中游峡谷奇观始于老牛湾。老牛湾位于山西与内蒙古的交界处。以黄河为界，北岸是内蒙古清水河县，南岸是山西偏关县，西

老牛湾一瞥（图片来源：视觉中国）

邻内蒙古准格尔旗。这里是一个重要的自然、历史、文化交会点，古堡、古楼、古庙、古村落、古长城，错落有致，古朴厚重。这里是一个重要的地理界标，站在这里可以北顾辽阔草原，南望中原大地。

黄河从这里入晋，晋陕大峡谷以这里为开端，长城与黄河在这里“握手”，黄土高原的沧桑地貌从此显现，高山逶迤、大河奔流的壮丽画卷就此徐徐展开。

长城与黄河在这里“握手”（图片来源：视觉中国）

过了老牛湾就进入了准格尔黄河大峡谷，实际上准格尔黄河大峡谷包含老牛湾，全长约 200 千米，左岸为吕梁山脉，右岸为黄土高原北缘，山高谷深，壁立千仞，峰岭争峙。峡谷最典型的剖面位于准格尔旗的魏家峁与河对岸偏关县的关河口，两岸断崖千尺，气势磅礴，河面最窄处仅 50 米，一河两岸，鸡鸣三省，是内蒙古、晋、陕三省区接合部。从老牛湾到这里，自然景观雄浑壮丽，人文底蕴厚重，像一条自然、历史、文化长廊，农耕文化和游牧文化在此交融，辽阔草原和苍茫沙漠在此相会，古老长城和悠悠黄河在此相望……共同书写了一部气势恢宏的史诗。

万家寨水利枢纽工程就坐落在这里。这是黄河进入中游的第一座大型水利枢纽工程，左岸是偏关县，右岸是准格尔旗。工程建于 20 世纪 90 年代，库容 8 亿多立方米，功能以供水、发电为主，兼有防洪、防凌功能。这是一项民生工程，每年向两岸人民供水 14 亿立方米，有效解决了当地严重缺水的问题。

万家寨水利枢纽工程

在陕西延川县境内，我们看到了闻名遐迩的黄河蛇曲段。蛇曲，是指河道弯曲形成的一种地貌景观，看上去像动态的蛇。延川蛇曲，长达 68 千米，连续形成 5 个大转弯，分别为旋涡湾、延水湾、伏寺湾、乾坤湾和清水湾，自北向南依次摆开。这段蛇曲发育完好，气势宏大，依次呈卧状“S”形，两端弯曲接近封闭状，形成了我国干流河道上规模最大、最完好、最密集、最富视觉冲击力的蛇曲群。站在河岸高处观景台上俯瞰巨型蛇阵一览无余，我们不由得为大自然的鬼斧神工而震撼！

这样的奇特景观是怎样形成的？在乾坤湾的黄河蛇曲地质博物馆，我们找到了答案。通常，这种地质形态主要形成于宽广开阔的河段。这样的河段，河流切割不深，河床很浅，并且不受河谷的约束，能自由地迂回

黄河蛇曲之乾坤湾（图片来源：视觉中国）

摆动。延川蛇曲形成于由松散的沉积物质组成的河道宽谷中，而在基岩河谷（即常说的铜帮铁底河道）中则很难发生这种“凹岸侵蚀，凸岸堆积”的现象。一条河，先在由松软沉积物质组成的开阔平坦河谷中形成蛇曲，在遇到地壳持续抬升后，获得了向下切割的力量，而河水的流动已经被束缚在早先形成的原有蛇曲状态中，天长日久，不断下切，一直切到地壳岩石圈中，就像嵌进去一样。延川黄河蛇曲就属于这种类型。

行走在黄河两岸，留心观察就会发现河谷两侧石壁上河水冲刷留下的痕迹。这些痕迹，高从几米到几十米不等，记录着历史上不同时期黄河的水位线。据地质资料显示，这是黄河从地质时期开始不断演化变迁留下的痕迹。说明地质时期以来，黄河不断下切，河谷因之日益加深，至今仍在持续。这种河岸冲刷痕迹在黄河龙门以上峡谷河段可见，而龙门以下尽是土岸，受黄河侧蚀影响，土岸塌陷严重，已难以见到历史上的水位痕迹了。

走在黄河岸边，经常能看到河中的沙岛，但看不清水的流向。同行的专家告诉我，看河水中的沙岛，圆头的是迎水面，尖头的是顺水向。真是不读哪家书，不识哪家字呀。

壶口瀑布，名气很大，是晋峡大峡谷上的又一奇观，也是黄河干流上唯一的瀑布。它东濒山西吉县壶口镇，西临陕西宜川县壶口乡。黄河南下奔流至此，两岸石壁峭立，河口收束，窄如壶口，故名“壶口瀑布”。在壶口上端，我们仔细观察，此处黄河水面宽约 400 米，水流平缓。紧接着，水面加速收窄，在向下不到 500 米的距离内，河水宽度迅速收缩到 40 米左右，流速急剧加快，瞬间下泻，宛若水从壶口倒出，形成了“千里黄河一壶收”的景观。

闻名于世的黄河壶口瀑布

我们来到壶口下端，上游河水从数十米高的河床崖壁上倾泻而下，怒涛翻滚，峡谷轰鸣，水雾弥漫，“黄河之水天上来”的气势蔚为壮观。由于河床崖壁高低不等、层次错落，瀑布有的一泻到底，有的经几层崖壁缓冲，出现瀑布多层叠加的景象，汹涌的黄河发出了滚雷般的轰鸣。

在这里，才能感受到“风在吼，马在叫，黄河在咆哮……”的惊天动地之势；在这里，才能感受到为“保卫家乡，保卫黄河，保卫华北，保卫全中国”而战的豪迈气概和坚定信心；在这里，仿佛听到人们在引吭高歌“黄河之滨，集合着一群中华民族优秀的子孙……”

黄河，为中国历史和中国革命承载了许多，见证了许多，奉献了许多。

思绪回到壶口瀑布。我专门查阅了南北朝时郦道元写的《水经注》，书中对壶口瀑布的山形水势有过详细的描述。形成壶口瀑布的是河谷中的几块巨石，因其横亘在河谷之中，阻遏水流，加上层层叠叠的落差，遂成瀑布。河水下泻形成了巨大的切割力和冲击力，使下游出现了又深又窄的基岩河槽。河槽深不见底，宽二三十米，两侧如刀切。到此，黄河似乎变成了地下河，河水隐藏在幽深的河槽内，急速下行。河槽外，河床宽阔，乱石遍布，像是一条被废弃的古河道。当然，这是枯水季节，到了雨季，整个河床都成了行洪道，大河又重现波澜壮阔。

奔腾不息的黄河，在壶口完成了惊天动地的壮举之后，沿着晋陕大峡谷继续前行。从壶口下行 70 多千米，就到了晋陕大峡谷的末端——龙门。

龙门是黄河中游的咽喉，位于山西河津市与陕西韩城市之间的晋陕大峡谷出口处。龙门两岸高山耸峙，左岸是吕梁山余脉梁山，右岸为龙门山，是黄龙山脉的延伸。黄河到此直下千仞，水浪起伏，如沸如撼，两岸均为悬崖绝壁，唯神龙可越，故曰“龙门”。相传，龙门为大禹治水所凿，亦称“禹门”。李白有诗描绘：“黄河西来决昆仑，咆哮万里触龙门。”

龙门（图片来源：视觉中国）

龙门扼守黄河之险，地理位置重要。自古以来，一直是沟通晋陕的大门。平时，龙门作为古道渡口，靠木船摆渡，商旅不绝；战时，作为晋陕交通要隘，自然是兵家必争之地。从战国秦晋韩城大战，到唐高宗李渊从禹门渡黄河取关中，再到李自成在此东渡直捣幽燕等，这里都有过不凡的历史人文记录。千百年来，龙门就是这样在交通要道和兵家战场之间不断切换。

黄河一出龙门，河道立刻变宽，天地陡然开阔。河水在数千米宽的河道上缓缓流动，澎湃浩渺，舒展开阔，重现大河的浩荡壮观。

2020 年 12 月

渭河入黄

到了龙门的黄河，水面宽仅 300 米左右，可一出龙门，河面骤然变宽，正常水位时也有 2000 多米。

黄河在龙门以上，石岸居多，虽有侧蚀，但河水被紧紧束缚；龙门以下全是土岸，冲刷严重，容易发生塌陷。黄河从龙门到潼关长约 120 千米，河道滩面宽阔，水流平缓，河水冲淤变化大，干流摆动频繁，成了自由自在的游荡性河流，所以历史上有“三十年河东，三十

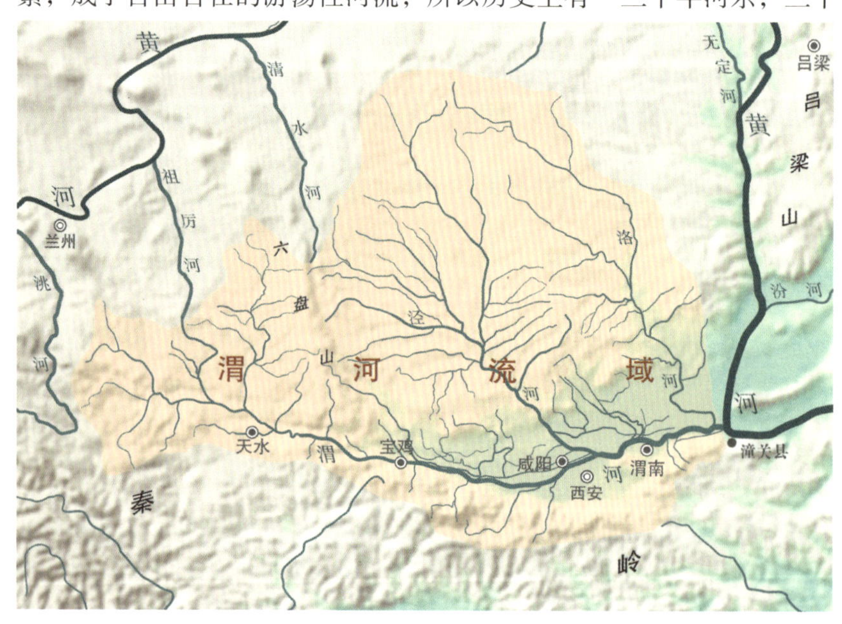

渭河流域示意图

年河西”之说。

正是在这里，黄河最大支流——渭河直接切入黄河。

为了目睹渭河入黄的景观，我们乘一条小船来到渭河河口和汇流处进行察看。渭河入黄口水面宽约1000米，水量很大，流速较快。这天刚好立冬，虽已是初冬时节，但渭河水流减少得不是很明显。据了解，今年上游雨量充沛，特别是秦岭北麓水源补给充足，使渭河水量比往年要大一些。

船到两河汇流处，黄河自北向南，渭河由西向东。黄河流速平缓且稳定，渭水流速稍急、冲击力很大，两河汇流处呈明显相互排斥作用，形成一条清晰的西北—东南斜向水线。船主提醒大家仔细看河水，水线两侧水的颜色是不一样的，渭河水的颜色更深些，黄河水的颜色稍浅些，说明渭河水的含沙量要大于黄河。接着，船主又提醒道：“你们看，水线上有一条杂物漂浮线，这都是两股河水冲下来的树木、杂草等聚集在一起，相互纠缠形成的。”漂浮线与水线重叠，久久不肯散去。

渭河汇入黄河

两河汇流处地势平坦，水面开阔，形成了方圆数十平方千米的辽阔水面。在这里，西望华岳，东眺函谷，北瞩三晋，可谓“鸡鸣三省晋秦豫，浪卷沙翻洛渭黄”。左岸是传说中黄帝与蚩尤大战的地方——风陵渡。这是一处古老的黄河渡口，据说尧舜禹当年就在这一带活动，留下了“尧王台”“舜帝山”“大禹渡”等历史传说。右岸便是著名的“天下第一关”——潼关。虽然潼关古城因三门峡工程拆除了，但它的历史是抹不掉的。徜徉在这里，你能真切地感受到，历史文脉在延续，中华文明在传承。

这天是周日，阳光充足，气温舒适，岸上游人如织，水上游船、汽艇往来穿梭，很是热闹。

渭河位于黄河“几字弯”基底部位，源于陇西的鸟鼠山，干流穿行于黄土高原与秦岭之间，由西向东经甘肃天水和陕西宝鸡、西安，从潼关注入黄河，全长 670 多千米。渭河流域面积广大，西起鸟鼠山，东至潼关，北到六盘山，南抵秦岭，面积达 13 万平方千米，覆盖了黄土高原的核心区。渭河源远流长，支流众多，南侧为秦岭山脉，水源涵养量大，山高坡陡，水流湍急，是渭河水量的主要来源；北侧支流绵长，穿越黄土高原腹地，挟带大量泥沙。所以渭河成了黄河输水量、输沙量最大的支流，多年平均径流量 100 亿立方米，占黄河输水量的近三成，年输沙量 5 亿多立方米，占黄河输沙量的 1/3。保护好黄河，解决好水沙矛盾，渭河很关键。

渭河，古称“渭水”，为关中大川。它一路走来，最大的成就是塑造形成了渭河平原。

渭河平原也称“关中平原”，是冲积平原，面积约 4 万平方千米。这里平畴沃野，台塬广布，川谷平坦，气候温和，土质肥沃，适宜耕作。它南倚秦岭，北界北山，西起宝鸡，东至潼关，东西长 360 多千米，又称“八百里秦川”。周代时，关中已出现灌溉农业。由于秦汉、隋唐等朝不断兴修水利，农田灌溉规模持续扩大，渭河平原逐渐成为黄河流域最富庶的经济区。

“关中”之称，始于战国时代。一般说法是，因此地西有宝鸡大散关（古称“川陕咽喉”），东有位于三门峡的函谷关，南有商洛的武关，北有六盘山山口的萧关，取意“四关之中”，简称“关中”。四方关隘，加上陕北高原和秦岭两道天然屏障，还有土地肥沃、气候温暖的自然环境和渭河、泾河、洛水的灌溉之利，使关中自古就是王朝龙兴之地和兵家必争之地。

关中平原示意图

周人早期活动于陇西岐山一带，后沿渭水东下。周人善于经营农业，逐渐强盛起来。公元前 1046 年，周文王之子周武王姬发发兵灭商，建立了奴隶制国家周朝，并定都镐京（今陕西西安市），国祚长达 791 年。陕西出土的西周青铜器何尊上刻有“宅兹中国”4 个字，有专家推测这也许是“中国”名称之由来。

秦国也是在这块土地上发展起来的。西周时，渭水上游的陇西高原是西戎人游牧的地方。一个叫非子的西戎人因善养马而被周孝王看好，周孝王命他到渭水、汧河之间为王室养马。非子为王室养马 3 年后马群大增，周孝王因其养马有功，将其封于秦邑。非子也因此得秦氏之称，是为秦非子，他也是中国历史上第一位秦人。

西周东迁，给秦人留下了空间。他们也沿渭水东进，落脚在周人最初的居住地。此后，一代代秦人励精图治，秦国很快崛起，从一个小角色成为战国七雄之一，接着东征西讨，横扫六合，统一了中国。

从秦非子开始，秦人用了600多年的时间，最终创立了中国历史上第一个大一统的封建王朝——秦朝。中国由此进入封建社会。

我们说黄河是中华民族和中华文明的摇篮，那么渭河正是这个摇篮摆动的中轴。由此向东延伸，是黄河文化的基线，长安、咸阳、洛阳、开封等古城都坐落在这条基线上。从公元前21世纪算起，4000多年的历史时期中，历代王朝在黄河流域建都的历史有3000多年。其中，西周、秦、汉、隋、唐等13个朝代在渭河及其延伸线上建都的历史有近千年。殷都(今河南安阳)遗存的甲骨文，是中国文字的源头。公元前2000年左右，黄河流域的青铜器冶炼铸造技术已达到很高水平，同期出现冶铁技术，标志生产力发展到一个新阶段。虽然北宋以后经济重心南移至长江流域，但黄河流域在中国政治、经济、文化发展中的重要地位并没有改变。

说到渭河，不能不说泾河。泾河“辈分”不高，是黄河二级支流、渭河的第一大支流。泾河发源于宁夏六盘山东麓的泾源县，从西北向东南斜贯黄土高原，经陕西泾阳进入关中平原，至西安附近汇入渭河，全长450多千米。泾河河谷开阔，川地平坦，灌溉条件好，与渭河同为关中平原的生命之河。泾河流经黄土高原沟壑区，降水较少，水土流失严重，形成了水少沙多的特点。泾河通常年平均径流量18.67亿立方米，而含泥沙量却大于渭河，每年向渭河输沙约3亿吨，是渭

泾渭分明

河泥沙的主要来源。泾渭两河在汇流后的一段河道内，像两条不同颜色的水并流在一起，两河界线非常明显，即成语“泾渭分明”所描述的风景。

2021 年 6 月 27 日，黄河源考察结束，返程途经西安时，我们特意到泾河汇入渭河处去看看。雨季还没到来，两条河水流量都不大且流速缓慢。为了看清汇流后两条河的颜色，我们用无人机在汇流处拍了一组照片。通过照片，我们清晰地看到并印证了“泾渭分明”这一自然现象。

泾渭分明，但谁清谁浊，并不是固定不变的。据当代著名历史地理学家史念海先生研究，泾渭两条河流的清浊与流域的开发强度、人口密度、降水量、植被覆盖度及生产方式的变化等多种因素有关。历史上，泾河上游曾多次被游牧民族占领，耕地变成草原，泾河的水明显清于渭河；而现在，上游居民的生产方式以农业为主，泾河的水又浊于渭河了。所以，泾渭的清浊也在不断转换，有自然因素，也有人为因素，但常以人为因素为主，不能一概而论。

还要提一下洛河。洛河通常称“北洛河”，源于陕西定边县白于山南麓，至大荔县东南汇入渭河，全长 680 千米。洛河流经黄土高原和关中平原两大地理单元，是一条河道变迁很大的河流。历史上洛河有时注入渭河，有时直接流入黄河。现在看到的河道是 1947 年形成的，属渭河的一级支流。

接着说说秦岭。秦岭是古老的褶皱断层山脉，横亘东西，分割南北，在我国自然地理上有着十分重要的地位。它西起昆仑山，东至大别山，东西绵延 1600 多千米；岭南是长江流域，岭北为黄河流域，渭河、洛水、汉江、嘉陵江 4 条河流在此分界。冬天，秦岭阻挡北方寒潮南下；夏天，阻挡湿润的暖气流北上；岭南属亚热带气候，岭北为暖温带气候，山脉南北景色迥然不同，是我国南北方的天然分界线。有人曾形象地说，秦岭横亘在那里，提携了黄河长江，统领着北方南方。

秦岭巍峨，横出天际。望着高大的秦岭，笔者不由得想起了白居易的《卖炭翁》：“卖炭翁，伐薪烧炭南山中。”儿时读书不解其意，看了秦岭才明白。那时秦岭森林广袤，北麓长安城里的达官贵人需用炭取暖烧饭，于是形成了一条伐树—运木—烧炭—卖炭的产业链。秦岭森林因长期过度砍伐，植被遭到破坏，水土流失加剧，提高了渭河的含沙量。当然，这些早已成为历史。

要特别提到的是，黄河接纳了渭河后，迎头撞上了华山，猛地向东一拐，形成了一个近乎 90 度的弯，浩浩荡荡地向华北平原流去。至此，黄河在中华大地上擘画的壮阔“几字弯”才算画上句号。

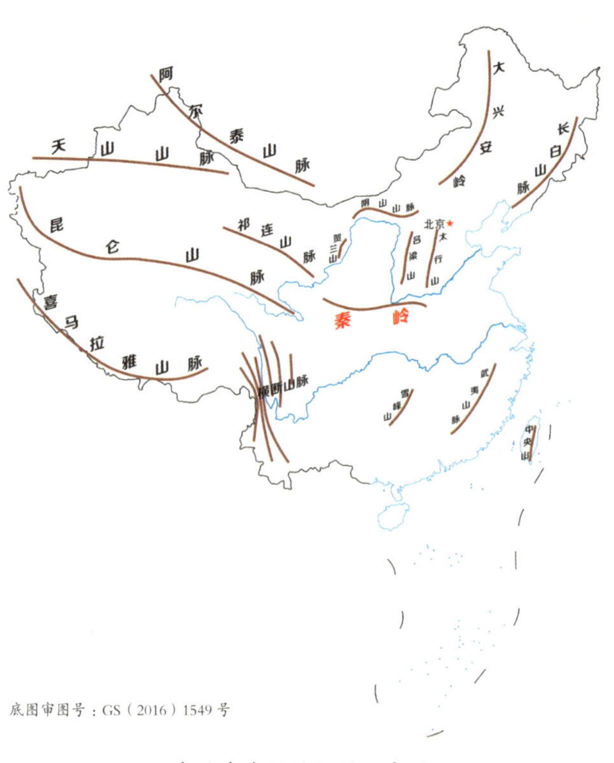

秦岭在中国的位置示意图

华山，属秦

岭东段，是五岳中最高的山脉，海拔 2154.9 米。我曾登过华山，山势险峻，气势恢宏，与原始森林相拥相嵌，雄奇壮观。站在山顶上，近看有石海、石河、石瀑，如河流一般从山顶泻向山谷，再看群山叠翠、雾笼山谷，云绕群巅；远看八百里秦川绿浪滚滚，北来的黄河掉头东去，奔腾向海。好一派大格局、大气象、大景观！它见证了几千年的中华文明史，更见证了千百万年来黄河的变迁。

东去的黄河，犹如一条蛟龙，蜿蜒穿行于左岸中条山与右岸崤山之间，这是黄河流经的最后一段峡谷，因界于山西与河南之间，也称“晋豫峡谷”。黄河在这段峡谷中穿行仅 100 多千米就到了三门峡。

2020 年 12 月

从三门峡到小浪底

渭河是黄河家族的长子，水量、沙量均居黄河支流首位。黄河有了渭河的加盟，声势大增，滔滔河水，挟沙裹浪，浩浩荡荡，一路向东，直奔三门峡而去。

从三门峡到小浪底，我们可以看到黄河治理开发的探路过程。

三门峡，因三门峡水利枢纽工程而名扬天下。此地是豫、晋、陕交界的黄河金三角地带，西接华山，北望中条山，南连崤山，东临洛阳。黄河自潼关以东，流经中条山与崤山之间。到了三门峡，狭窄的河谷被雄峙在河中的两大石岛一分为三，水流更加湍急，故称“三门峡”。

自秦代始，渭河流域成了全国的政治经济中心。但此地交通北有太行山、王屋山、中条山阻挡，南有邙山、崤山、伏牛山、秦岭拦截，所以黄河成了东西漕运的主要通道，而三门峡是此漕运通道上的险要河段。《汉书》记载，当年张良劝刘邦定都关中时曾说，“河、渭漕挽天下，西给京师”，说的就是这个情况。直到唐末，这条东西漕运通道才逐渐变得冷清下来。

2019 年 11 月 8 日，从渭河入黄口下行约 100 千米，我们来到了三门峡库区。

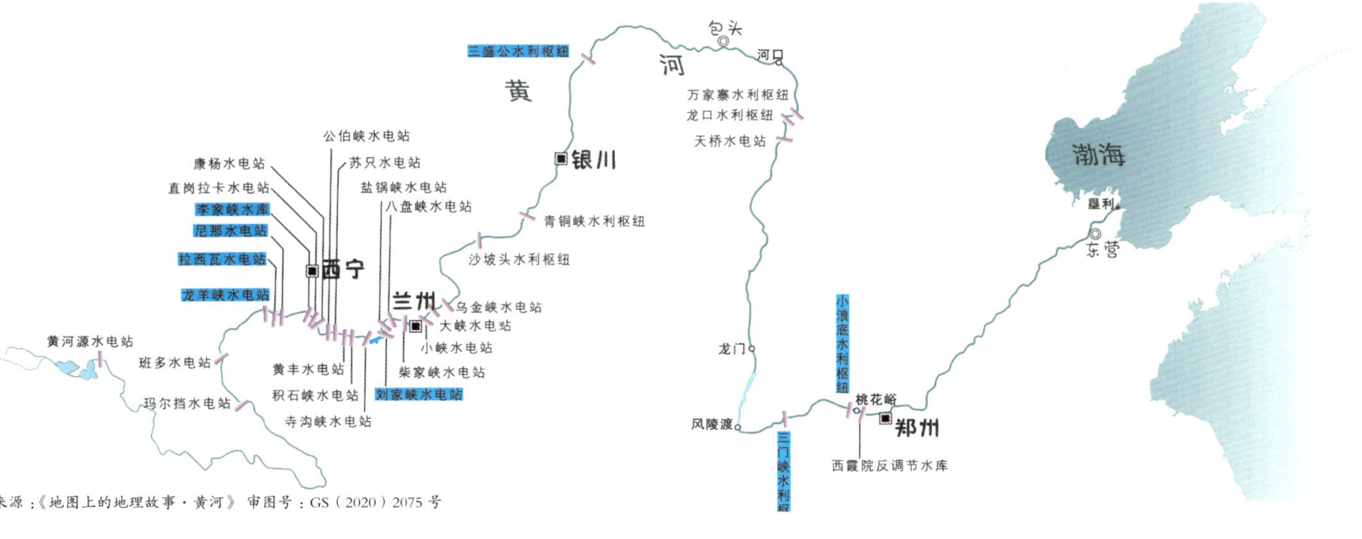

黄河干流主要水利工程分布图

1952 年 10 月 25 日，毛泽东主席乘专列从北京出发，对山东、河南境内黄河水患频发的地区进行视察。他站在黄河大堤上，望着滚滚东去的黄河，发出了“要把黄河的事情办好”的伟大号召，治理黄河摆上了党和国家的重要议程。1955 年 7 月，国务院副总理邓子恢在一届全国人大二次会议上，就根治黄河水害和开发黄河水利工作作了综合报告，并获得了大会一致通过。1957 年 4 月，新中国成立后确立的首个治理黄河大型项目——三门峡水利枢纽工程，正式开工兴建。

这是一个标志性工程。在黄河三门峡展览馆我们了解到，新中国成立伊始，千头万绪，百废待兴，上这样一个项目是国之大事，中央寄予厚望。三门峡水利枢纽工程是第一个五年计划期间苏联援建的 156 个重大项目中唯一的水利工程，表明了中央要把黄河事情办好的决心和魄力。由此，敲响了新中国治黄的开台锣鼓。

三门峡水库大坝

三门峡水利枢纽工程是新中国成立后黄河干流上兴建的第一座大型水利枢纽工程。该工程处于黄河中游下段，位于中条山与崤山之间的晋豫峡谷中。三门峡水利枢纽工程控制流域面积 68.84 万平方千米，占黄河全流域面积的 91%，控制黄河来水量的 89%、来沙量的 98%，是一项治理黄河水害的重大工程。

中条山位于山西南部，横跨临汾、运城、晋城三市，因山体狭长而得名。中条山既不够雄伟，也说不上险峻，但它静静地卧于黄河左岸，抵挡着来自蒙古高原的寒风。崤山为秦岭东段支脉，位于三门峡市境内黄河右岸，长约 150 千米。古时与附近的函谷关并称“崤函”，以地势险要、易守难攻而著称。

三门峡水库蓄水后，库区水位抬高，降低了水的流速，加剧了上游泥沙沉淀、淤积，导致渭河河口下游倒灌、倒淤，造成水灾、沙害、土地盐碱化。于是 1965 年、1969 年对三门峡水利枢纽工程进行了两次改建，变原来的“蓄水拦沙”为“滞洪排沙”，虽有一定成效，但未能从根本上解决淤沙等问题。

三门峡水利枢纽工程是中国几千年治河史上的一座里程碑。新中国成立以来，根据“节节蓄水，分段拦泥”的治黄方针，修建了以三门峡水利枢纽工程为代表的大批水利工程，洪水、泥沙得到了有效控制，来沙量、洪水量均明显减少，有效保障了下游人民群众生命财产的安全，为下游防洪、灌溉、发电、供水等发挥了重要作用。这是一次有益的探索，积累了宝贵的治黄经验。

三门峡水利枢纽工程投入运用以来，让两岸三省几百万人民群众魂牵梦绕，有关其“生死”的问题也一直争论不休。三门峡水利枢纽工程是治黄工程体系最重要的组成部分，也是治黄工程中最早启动的探路工程，历经 70 多年的风风雨雨，直到今天仍守护着冀、豫、鲁、皖、苏五省约 25 万平方千米人民群众生命财产的安全，并已形成了独特的自然生态系统。

三门峡工程在上，小浪底工程在下；三门峡工程在先，小浪底工程在后。三门峡工程的经验和教训成就了小浪底工程，小浪底工程是三门峡工程治黄理念的延续。

黄河小浪底调水调沙（图片来源：视觉中国）

1994 年，国家开工建设小浪底水利枢纽工程，这是黄河流域最大的水利工程，控制流域面积 69 万平方千米，2001 年工程竣工。工程坐落在三门峡水利枢纽工程下游 130 千米、洛阳北 40 千米处的黄河干流上，因右岸为河南孟津小浪底村而得名。工程处于黄河中游最后一段峡谷出口处，南为崤山余脉邙山，北为太行山支脉王屋山。

邙山为崤山的东延部分，是洛阳北面的屏障。邙山是中原文化名山，在古代是历代皇家贵胄、显赫人物的墓地，民间有“生于苏杭，死葬北邙”之说。邙山东西长约 100 千米，是黄河与洛河的分水岭。王屋山位于黄河北岸，东依太行山，西接中条山，“愚公移山”的典故即出自于此。在党的七大闭幕会上，毛泽东主席以《愚公移山》为题致闭幕词。这篇著名的文章与《为人民服务》《纪念白求恩》一道被称为“老三篇”。

小浪底水利枢纽工程最大的功能是实施人工扰沙，即借助河水已有势能，辅之以人工扰动河床土质，促进河床泥沙启动，实现河床下切、输沙入海。通俗地说，就是通过人工搅动，让库底淤沙上浮，使其与自然水流一起下泻，从而达到清淤输沙的目的。在小浪底水利枢纽工程现场，我们看到滚滚泥流从泄沙闸孔喷涌而出，像几条黑黄色泥龙跃出龙门狂奔而去。经过小浪底水利枢纽工程的强烈冲刷，下游河床的淤泥洪水大幅下降，河槽过洪能力迅速提高，这个功能弥补了三门峡水利枢纽工程存在的设计缺陷。

小浪底水利枢纽工程是个关键工程。工程建成后，有效控制了黄河洪水，使黄河下游花园口一带防洪标准由六十年一遇提高到千年一遇。小浪底水利枢纽工程的调水调沙功能解决了两大问题：一是控制了黄河近 100% 的输沙量，可滞拦上游泥沙 78 亿吨，这意味着 20 年内下游河床不会淤积抬高；二是给下游河床带来强烈冲刷，河槽过洪能力迅速提高，逐步恢复河道主槽排洪输沙功能。

小浪底工程和三门峡工程互为补充，使黄河现阶段脱离了生存险境。人们的治黄理念也发生了转变，即由被动地控制水沙变为维护河湖健康生命。但也要看到，小浪底水库拦沙库容淤满后，若无后续控制性骨干工程跟进，新的问题也必将随之出现。黄河特殊的河情决定了黄河保护、治理的长期性、艰巨性和复杂性，不可能毕其功于一役，需要历史耐心和战略定力。

如今的三门峡、小浪底，风景秀丽，湖光山色，碧波荡漾。临河远眺，青山巍巍，大河滔滔，构成了一幅美丽和谐的沿黄山水画卷，古老的黄河容光焕发。

河南，因地处黄河之南而得名。河南简称“豫”，本意是人手持竹矛猎捕大象，说明远古时期河南气候湿润温暖，有竹子和大象。现在河南人自豪地讲他们有“三山一河”，即太行山、伏牛山、大别山和黄河。三山各有千秋。太行山主体在山西，南延进入河南，是黄土高原和华北平原的分界线。伏牛山是豫西山地的主体部分，以原始森林茂密、河流纵横、资源富集而闻名。大别山地处东南，为长江与淮河的分水岭。当年刘邓大军“千里挺进大别山”，使之声名远扬。河南大地上的九曲黄河，更显磅礴之势。在千百年与黄河灾害的抗争中，中华民族塑造了自强不息的品格和坚韧不拔的意志。可以说，黄河把最悲壮、最辉煌、最显英雄气概的一段留给了河南。

黄河中游历史文化厚重，这里是黄河文明的核心区域，最具代表性的史前文化是仰韶文化。仰韶文化是新石器时代文化，因 1921 年发现于黄河左岸河南渑池县仰韶村而命名，距今 7000 年至 4700 年，范围以渭河、洛河、汾河流域的豫西晋南为中心，西抵洮河、东达冀中、北到河套、南及汉水，基本覆盖了黄河中游地区。仰韶文化出土的精美彩陶和石器，推翻了“中国无石器时代文化”的观点。考古专家认为，延续 2000 多年的仰韶文化是黄河流域最有影响力的文化。仰韶文化挖掘出的磨制石器，如刀、斧、锛、凿、箭等，同文献记载的炎黄时代的石器相同，说明仰韶文化孕育了华夏文明。黄河中游的关中文化、河洛文化也起源于此。

黄河流淌到这里，孕育产生了灿烂的河洛文化。河洛文化是黄河文化的重要源头。河洛地区，通常指的是伊洛河流域或洛阳盆地。大体范围是南到伏牛山，北及黄河，西为秦岭，东到中原。

洛河是黄河一级支流，源于陕西洛南县，东流至河南偃师区与伊河汇流后注入黄河。洛河流域支流繁多，气候温暖，为洛阳盆地提供

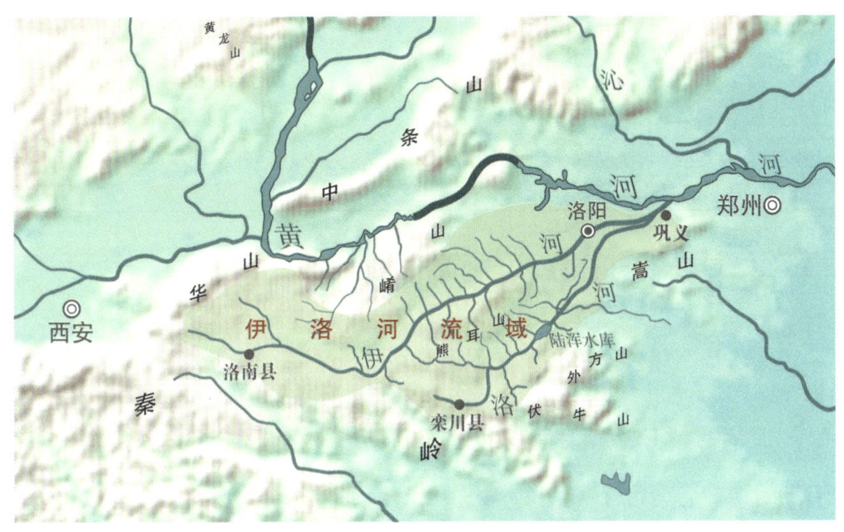

伊洛河流域示意图

了丰足的水量和优良的物候条件，是优质农耕区，因此也被称为“小关中”。这里较早出现了先进的农业和发达的手工业，为河洛文化的产生提供了优越的环境。

河洛文化是中华文明的重要源头。一般来说，中华文明的主体是黄河文明，黄河文明的核心在渭河、洛河区域。这里曾是中国政治的核心区域，西安、洛阳、开封等古都都设在这里；这里是中华文化的重要源头，文字、八卦、姓氏等文化均产生在这里；这里是大一统国家早期的形成地带，从邦国、王国到帝国，集中统一已成为中华民族的不懈追求。

2020 年 12 月

走进黄河下游

人们常说黄河是“铜头铁尾豆腐腰”，意思是黄河上游、尾闾都不足为患，而是危在中间、险在中段。水少沙多、水沙关系不协调的自然特性，造成黄河下游河床持续淤积抬高，河床悬于两岸平原之上，形成了举世闻名的“地上悬河”。这是黄河下游的显著特征，也是造成历史上黄河灾害频发的主要根源。

2020 年 11 月 9 日，我们驱车 3 个小时，从三门峡到了桃花峪，来到了黄河下游。

走在黄河下游的沿黄公路上，两岸视野开阔，迷人的自然风光、众多的名胜古迹、生机勃勃的村落民居，犹如撒落在黄河两岸的颗颗明珠，熠熠生辉。

桃花峪，位于河南荥阳市广武镇，因县志记载“夹岸多桃林”而得名。来到这里，首先进入视野的是黄河中下游界碑，坐落在黄河右岸一个山头上。界碑建于 2000 年，高 21 米，四面有白玉栏杆护持、玲珑旋梯连接，界碑下面有一条南北向白线，标明黄河中下游在此分界。站在这里，向东望去，豁然开朗，前面是一望无际的华北平原。

黄河，自内蒙古河口村调头南下，斩关夺隘，奔流 1200 多千米，落差 890 米，走完了中游，进入了下游。到此，黄河终于摆脱了最后一处山地峡谷的束缚，从容不迫地流进了平坦辽阔的华北大平原。我们也开始了对黄河下游的考察。

黄河中下游分界标志

黄河中下游分界为什么选在桃花峪？因为，这里是中国地势第二阶梯、第三阶梯的交接点，山地与平原在这里分野。桃花峪左岸，以太行山为界，黄河告别了黄土高原，来到了华北平原；右岸，黄河流出了秦岭东延的崤山、熊耳山、外方山、伏牛山、邙山等组成的豫西山地，进入了华北平原。

第三阶梯地势低平，主体是海拔低于 100 米的华北平原，包括下游冲积平原、鲁中丘陵和河口三角洲。

华北平原由黄河、海河和淮河冲积而成，是中国三大平原之一。华北平原南界大别山，北抵燕山，东临渤海、黄海，西为太行山，地跨京、津、冀、鲁、豫、皖、苏七省市，面积达 25 万多平方千米，是我国人口最多、经济最发达的区域之一。历史上，黄河泛滥横扫黄淮海平原，这一带曾为主要黄泛区。历史地理学家史念海先生研究发现，历史上黄河频繁改道，泥沙随着洪水到处堆积，浅则几十厘米，厚则数米，久而久之，形成了华北平原。从这个意义上说，华北平原形成的过程中，黄河贡献为巨。

华北平原的形成还得益于太行山的屏障。太行山脉纵贯华北平原西部，北起北京西山，南近黄河谷地，绵延400多千米，是黄土高原与华北平原的天然界线。太行山的最大功能是西阻黄土高原，东屏华北平原，北佑京畿重地。太行山内横谷广布，自古就是东西交通要道，有著名的“太行八陉”，也是兵家必争之地。抗日战争时期，这里成了华北抗战的主战场。

11月10日，我们到了郑州，第一件事就是参观黄河博物馆。讲解人员专门给我们上了一堂黄河课。

黄河流过桃花峪，没有了两岸峡谷的束缚，在华北平原上舒展开来，放慢了脚步。这里河道宽浅平缓，泥沙开始积淀，逐渐淤塞河道。水流因为难以稳定地在一条河道上流淌，往往溢流改道、四处漫延、左右横扫，所以制造了大范围令人闻之色变的黄泛区。为了约束黄河，人们只好在不断抬高的河床上加堤筑坝。长此以往，黄河下游出现了700多千米长的“地上悬河”。

除了悬河，黄河下游还有滩区。为了防范河水漫溢，自春秋中期开始，人们在河道两侧修筑内层堤坝以约束河水，在河道外侧数百米到数千米处修筑外层堤坝以防止洪水过度外溢，形成“双保险”。于是，在内层堤坝与外层堤坝之间出现了大片滩区。洪水泛滥时，滩区可行洪、滞洪、沉沙；没有洪水时，人们可以在滩区耕作、放牧。由于地狭人稠，人们在滩区的土台上建起房舍、村落，傍水而居。洪水每发作一次，滩区群众就要重建一次房屋、重整一次土地，“三年攒钱、三年垫台、三年盖房、三年还账”已成为他们世代生活的常态。

其实，这种情况不仅黄河下游有，在上游的宁蒙河段也很常见。过去，在黄河下游1092千米的河道两侧，这样的滩区有3818平方千米，生活着 180 多万人。当然，现在这种情况正在改变，滩区群众按照规划陆续搬离滩区，开始新生活。

悬河、滩区都是黄河下游沿岸人民千百年来在与黄河周旋的过程中积累的经验和智慧。

自古以来，黄河下游便以“善淤、善决、善徙”而闻名。黄河在塑造沃野千里的华北平原的同时，也给沿岸人民带来深重灾难。

先看“善淤”。

黄河是世界上含沙量最大的河流。据黄河博物馆资料显示，世界上含沙量超亿吨的河流有 13 条，黄河的含沙量一直高居第一，多年平均输沙量为 16 亿吨。河水挟带大量泥沙进入下游平原后，由于河道宽阔平坦，流速放缓，泥沙迅速沉积，形成了大面积的泥沙沉积区。据史料记载，黄河进入平原后，流速放缓的主流在漫游区游荡，造成严重的水灾、沙害。战国时代，黄河下游群众开始大规模筑堤，结束了长期以来河水漫流的状态。但大规模筑堤也使河道不断淤积抬高，遂形成了高出两岸的“地上悬河”。据文献记载，下游沿黄城市的地势均低于黄河河床的高度，历史上部分城池多次被泥沙吞噬。黄河博物馆展出的“开封城摞城示意挂盘”显示，古都开封地下叠压着 6 座城池。

令人费解的是，黄河下游平畴千里，若河水泛滥则无险可守，但北宋却选择在开封建都。我们分析，北宋统治者或许主要考量的是经济、交通因素。北宋时期，经济重心开始南移，长江流域已呈发展繁盛之象。而开封处于汴河与黄河交汇之处，水路运输极为便利，建都自然是一个不错的选择。

20 世纪 80 年代以来，由于自然气候与人类活动的影响，黄河下游的水沙关系极不协调，矛盾十分突出。这又造成了主流河槽泥沙淤

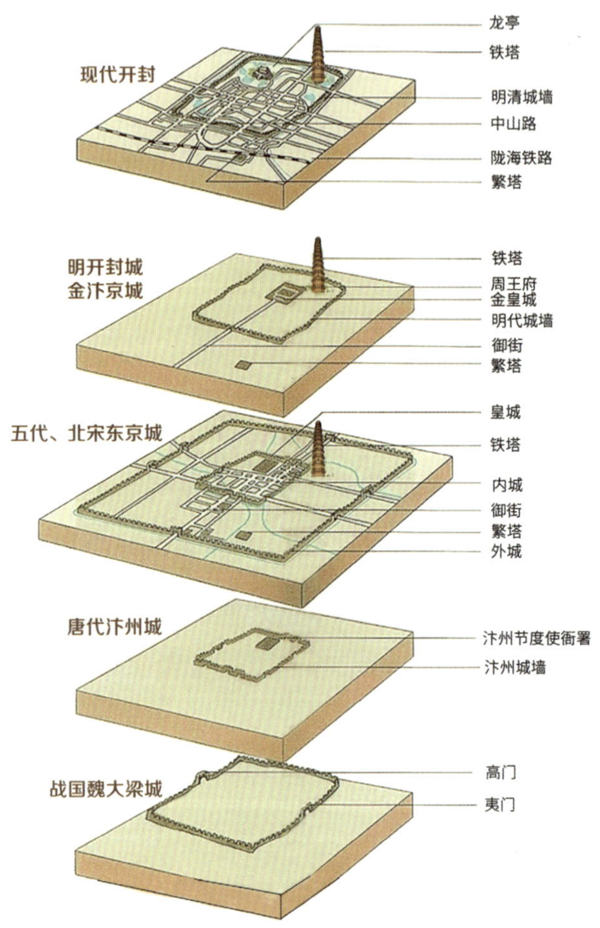

开封城摞城示意图

积更加严重，河道内出现河槽高于河道、河道又高于背河地面的局面，即出现了“二级悬河”。悬河形成后，在一定条件下就会决口泛滥，即“善决”。

再看“善决”。

决口，是历史上黄河常有的现象。黄河自古水患频发，主要发生在下游。据历史记载，从先秦到 1949 年的 2500 余年间，黄河决溢

黄河下游河道变迁图

1500 多次，改道 26 次，其中大的改道 5 次。决溢范围北起天津，南达江淮，纵横 25 万多平方千米，几乎覆盖整个华北平原。洪水过后，河道淤塞，城乡淹没，良田沙化，人民流离失所，生态环境长期难以恢复。

令人痛心的是，历史上把黄河作为武器，“以水代兵”有数十次之多。最近的一次是 1938 年，为了阻止日本侵略军机械化部队西进郑州，蒋介石下令炸开花园口黄河大堤。花园口决堤虽然打破了日军的作战计划，但也同时淹没了河南、皖北、苏北 40 余县的大片土地，给广大人民群众造成极大的灾难，80 余万人惨遭溺死，千百万人流离失所，并形成连年灾荒的黄泛区。

三看“善徙”。

历史上，黄河“三年两决口，百年一改道”。黄河下游继“善淤、善决”之后，往往会发展为“善徙”。据记载，从周定王五年（前602年）至南宋建炎二年（1128年），黄河的迁徙范围大都在现行河道以北地区，侵袭海河水系，注入渤海。南宋建炎二年至清光绪十一年（1885年），黄河改道在现行河道以南区域，挤占淮河水系，夺淮入海，注入黄海。

淮河本是直流入海的，由于黄河的挤占，只好辗转南入长江，借江入海。淮河源于河南桐柏山区，蜿蜒东去，形成千里淮河。黄河夺淮入海改写了淮河的面貌。大量的泥沙沉积在淮河河道，造成淮河流域洪涝频发，加之水系庞杂、支流众多、落差小、排水不畅，使淮河成为最难治理的河流之一。新中国成立后，在毛泽东主席“一定要把淮河修好”的号召下，一场波澜壮阔的治淮热潮掀起。经过70多年的不懈努力，淮河治理工作取得举世瞩目的成就。

最近的一次黄河改道是清咸丰五年（1855年），黄河在河南兰考县东坝头村冲破北岸大堤，改变流向，夺山东大清河河道，由利津入渤海，形成现行河道。在东坝头，九曲黄河最后一道大转弯，留下了著名的东坝头险工。这次黄河改道，泛滥了20多年才逐渐修复了堤防。对于这次决口，近代著名教育家、外交家容闳在其书中写道：“其时黄河决口，江苏北境竟成泽国，人民失业，无家可归者，无虑万千，咸来上海就食。”

在兰考县焦裕禄同志纪念馆我们了解到，当年兰考境内的两条黄河故道是造成风沙、盐碱、内涝“三害”的祸首。县委书记焦裕禄带领全县人民挖河排涝、封闭治沙、引黄淤灌、根治盐碱、栽种泡桐，最终让100多平方千米盐碱地变为良田，从根本上改变了兰考的自然生态面貌。虽是初冬时节，我们看到兰考大地处处充满勃勃生机。

焦裕禄同志纪念馆

千百年来，黄河下游人民饱受水患之苦。新中国成立后，中国共产党领导人民治理黄河，治黄历史掀开了新的篇章。在总结借鉴前人治黄经验基础上，采取了一系列综合措施，坚持不懈治理黄河，使黄河得到了有效治理。当然，黄河特殊的河情，决定了其治理的长期性、艰巨性和复杂性。

2019 年 9 月，黄河流域生态保护和高质量发展已上升为重大国家战略。只要坚持不懈，久久为功，黄河流域生态保护和高质量发展的目标一定能实现，黄河一定会成为造福人民、可永续利用的幸福河！

2020 年 12 月

黄河入海

黄河三角洲，由黄河泥沙淤积而成。黄河尾闾在扇形三角洲上来回摆动，海岸线也随着河口的摆动而向外延伸。近百年来，黄河填海造陆，才有了我们脚下这块新生的土地。

2020 年 11 月 11 日，我们满怀期待来到了这里。

黄河三角洲位于山东东营市境内，处于渤海湾和莱州湾接合部，濒临渤海。三角洲地势平坦，海拔一般在 10 米以下。

底图审图号：GS（2016）1549 号

黄河三角洲、长江三角洲位置示意图

清咸丰五年（1855 年）黄河改道，揖别了江淮，复归山东，夺大清河入渤海。黄河在东营一带形成了 50 多条分叉，导致尾闾流路不断变化，经常出现决

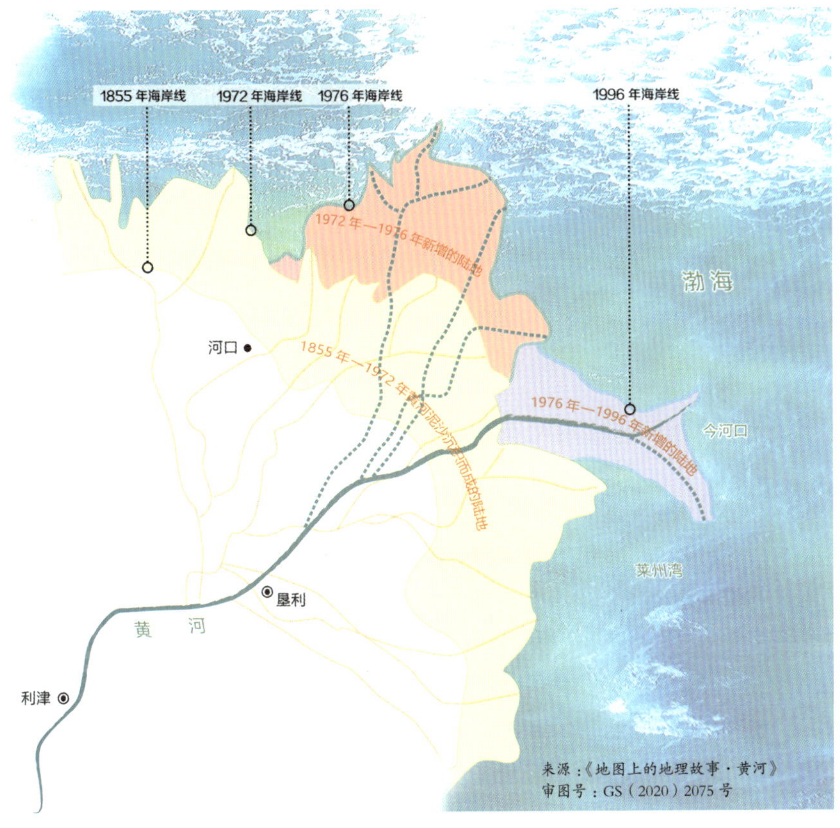

黄河入海口变迁示意图

溢、改道、迁徙、摆尾。新中国成立后，政府多次梳理河道，裁弯取直，人工改道，最终形成了现在的入海流路。

黄河三角洲是南北水系的分水岭，黄河水系、海河水系、淮河水系都挤在这里。黄河北岸大坝以外属海河流域，黄河南岸大坝以外属淮河流域，两岸大坝之间的狭长地带及入海口附近的区域属黄河流域。这是因为黄河本就不是在这里发育、生成、壮大的，它挤在这里，只是为了夺大清河入海，借道而行罢了。不仅在黄河三角洲，在整个黄河下游，平原地势大体上都是以黄河大堤为分水岭的，以北为海河流域，以南属淮河流域。

现在回到正题，说说黄河入海。

历史上，黄河走了，夺江淮入黄海，脚步匆匆，义无反顾，决溢、淤积、改道、摆尾，给江淮人民带来了无尽的灾难。改道后，在江淮大地留下的风沙、内涝、盐碱也使苏北人民苦不堪言。

近代，黄河又回来了，重归故道，气吞山河，通天彻地，挟沙带雨，重塑重造了这里。据记载，自从1855年黄河改道复归，在黄河三角洲挟沙填海造陆累积6000多平方千米，沧海桑田的神话每天都在这里上演，形成了我国面积最大的河流三角洲。现在的东营市面积仅8243平方千米，是黄河造就了东营。换句话说，东营是黄河从黄土高原搬运来的。

为了看清黄河入海的真实情景，我们乘坐小型直升机，沿黄河主流入海口顺流查看。直升机在距离地面约240米的高度缓慢飞行、盘旋，让我们清楚地看到了黄河入海的壮阔景观——

黄河入海

当河水冲出河口，没有了两侧堤坝的约束，主流立即分散游荡在漫流区。主流迅速扩散，水流迅速变浅，泥沙迅速沉淀，在原来稳定的泥滩上很快形成扇面状泥流。泥流在惯性的作用下，疾速前行而后入海，与海水的阻力形成一个强大的反作用力，划出了一条巨大而清晰的黄蓝交汇弧线。它们之间强大的相互作用力在这条长长的黄蓝弧线上激起一道道白色的浪花。眼前，黄蓝两股力量犬牙交错，激起的浪花起伏涌动；远处，蓝蓝的天空与浩瀚的大海融为一体，海天一色，无边无际，蔚为壮观。

黄河三角洲湿地（图片来源：视觉中国）

黄色的河水像一位不速之客，借助自身强大的冲击力，冲向大海，而蓝色的海水则顽强地阻挡着河水的前行，黄蓝两股力量相互抗争、对峙。随着彼此力量的消长，黄色渐渐被稀释，直到隐没。水流千遭归大海，黄河终于找到了自己的归宿，融入了大海。大海接纳了黄河，海纳百川，有容乃大。

日月经天，江河行地。黄河从雪山走来，历经千年万年，走过千里万里，跨越千山万水，贯通千沟万壑，斩关夺隘，千折万转，在此汇入茫茫大海。

黄河三角洲是我国最大的一块新生湿地，是百年来黄河携带大量泥沙填充渤海凹陷形成的陆地，属海相沉积平原区。由于每年有十几亿吨的泥沙流入大海，黄河口的新淤地每年向渤海推进 1.9 千米左右。

黄河三角洲湿地类型丰富，物种多样。在河、海、陆的交互作用下，这里形成了大面积的浅海、泥滩、沼泽等诸多湿地类型，孕育了丰富多样的动植物资源。黄河三角洲国家级自然保护区动植物展示馆的资料显示，三角洲湿地内有陆生动物生态群和海洋动物生态群，记录在册的野生动物达 1630 种。湿地内植被覆盖率达到 56%，有 685 种植物，是我国沿海最大的新生湿地自然植被区。俗话说：“生态好不好，看鸟就知道。”保护区内鸟类已由建区之初的 187 种增至现在的 371 种，每年还有超过 600 万只鸟在此迁徙、繁殖、越冬，40 多种鱼类在此产卵繁殖。丰富的物种资源使这里成为名副其实的物种基因库和动植物天堂。

初冬时节，天气有些寒凉，我们沿着木栈道进入湿地深处。海风吹拂，水草摇曳，水中小沙岛上有几只鸿雁、斑头雁在嬉戏，这块年轻的土地孕育着无限生机与希望。走在三角洲公路上，能看到白鹳在电线杆上搭筑的鸟巢，多筑在双杆电线杆之间。鸟巢很大，直径在 1—1.5 米。白鹳机警地观察着四周的动静，护佑着巢中的幼鹳。据统计，全球东方白鹳仅 4000 余只，黄河三角洲湿地累计繁殖超过 1300 只，东营也因此被誉为“中国东方白鹳之乡”。

生物多样性使地球充满生机，也是人类生存发展的基础。而湿地是多种生物的重要栖息地。保护区的工作人员告诉我们，黄河三角洲岸线在不断向外扩大，三角洲面积在增加，加上水质优良，可以更好地保护生物多样性，保护水生态系统，保护好这块年轻的湿地。其实，物种多样、丰富的地方，生态往往更脆弱。动植物群落、链条，任何一个环节、一个物种遭到破坏，再修复都将是一个漫长的过程，并将付出很大的代价，所以保护永远是第一位的。只有保护，才能给后人留下一个功能健全的生物圈，诚如荀子所言“万物各得其和以生，各得其养以成”。

毛泽东主席曾讲过，“没有黄河，就没有我们这个民族”。黄河对中华民族而言，是物质的，也是精神的。黄河文明是中华文明的源头。对此，葛剑雄先生有一段精彩的论述：“从河源到出海口，中华各族人民在黄河流域生活、生产、生存。他们或农，或牧，或工，或商，或狩，或采；或住通都大邑，或居茅屋土房，或凿窑洞，或栖帐篷，或依山傍水，或逐水草而居。他们的方言、饮食、服饰、民居、婚丧节庆、崇拜信仰，形成丰富多彩的地域文化。总之，中华文明的源头是黄河文明，是中华民族的先人在黄河流域创造的。”

中华民族治理黄河的理念经历了驯水、取水到亲水、护水的深刻转变。特别是党的十八大以来，黄河治理奏响了“协同治理”的澎湃乐章，上中下游、水上岸上、山上山下、地表地下统筹兼顾，综合治理。

今天的黄河，两岸生机勃勃，大河脉动强劲有力，正在奏响新时代的“黄河大合唱”。保护黄河，是事关中华民族伟大复兴的千秋大计。

2020 年 12 月

穿越横断山脉

黄河源的考察结束后，我们驱车从青海玉树出发，经西藏昌都、四川甘孜返回呼和浩特。这段行程让我们有幸穿越了一次横断山脉，算是一次意外的收获。

按照玉树州同志的安排，我们先到了治多县，顺路考察了长江源头干流通天河。

治多，藏语意为“长江源头”，是长江发源地，被称为“万里长江第一县”。治多县位于玉树州中西部，地处三江源国家公园核心区，西与西藏和新疆接壤，神奇的可可西里就在这里，北与黄河源以巴颜喀拉山分界，南边是著名的唐古拉山脉。治多县总面积8万多平方千米，平均海拔4200米。通天河

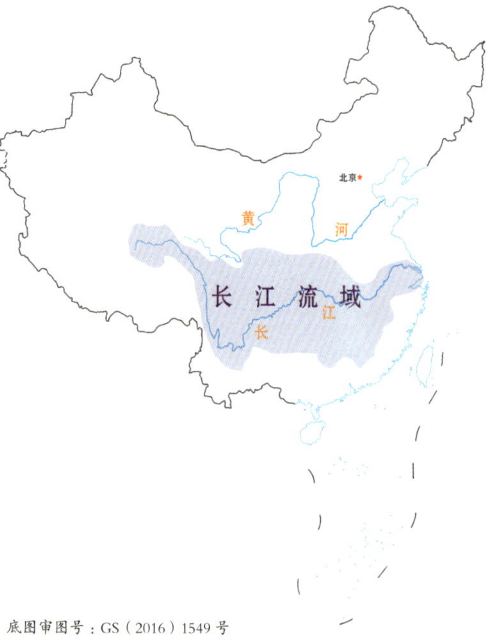

长江流域示意图

在县域内由西向东流淌。

我们从通天河中段穿行，与可可西里擦肩而过。可可西里是国家级自然保护区，为地跨青、疆、藏三省区的一块高山台地，总面积约4.5万平方千米，主体在治多县境内西部。青海可可西里国家级自然保护区是羌塘高原内流湖区和长江北源水系交汇区，是20世纪初世界上原始生态环境保存较好，全国面积最大、野生动植物资源最丰富的自然保护区之一，在亚洲乃至全球生态环境中都具有极为重要的地位。

通天河为长江源头干流，源自青藏高原，因地势高峻、水自天来而得名。据治多县同志介绍，干流以上为江源集水区域，北源当曲与南源沱沱河汇合处的囊极巴陇为通天河起点，止于玉树市巴塘河入口，河水清澈，水质优良，全长828千米，以下为金沙江。通天河两岸，自然地理环境复杂，形成了多种类型的草原牧场，是长江上游重要的高原牧场。

较之黄河，长江有个很有趣的现象：黄河干流从源头到入海口，终其一河只有一个名字——黄河；但不知为什么，长江每流经不同的地方都会有不同的名字，打上不同地域文化的烙印，诸如沱沱河、通天河、金沙江、川江（峡江）、荆江、浔阳江、皖江，最后一段叫扬子江。当然，通常人们还是叫长江，但沿江各地的百姓却习惯叫当地的名字。

“万里长江第一弯”（叶青村）

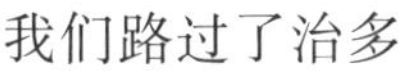

我们路过了治多

县叶青村，这里群山环绕，中间是个孤零零的小山头。逶迤于群山之间的通天河流到这里，绕着小山头转了一个大环弯，留下了一道美丽的曲线，它就是“万里长江第一弯”。我们站在青青的山地草原上，头顶是蓝天、白云，远处是皑皑的雪山，脚下是平静的通天河，还有散落在草原上的民居、牦牛、白塔和彩色的经幡，共同构成了独特的高原景观。

离开治多县，我们来到了囊谦县。这里是青海省最南端，被称为青海的“南大门”，也是唐蕃古道重镇。全境海拔 4000 米以上，森林茂密，河流密布，湿地众多，素有玉树“小江南”之称。我们未及细细品味囊谦，又沿着 214 国道南下，进入了西藏类乌齐县。

从这里，就进入了横断山脉。

横断山脉示意图

横断山脉（准确地说应称“横断山区”）同地处中国、塔吉克斯坦和阿富汗之间的帕米尔高原一样，在中国地理上占有独特的位置。帕米尔高原是个巨大的山结，以此为中心，昆仑山、喀喇昆仑山、兴都库什山、天山等数条大型山脉呈放射状分布，构成亚洲山脉主骨架。而横断山区则是位于中国西南地势第一阶梯、第二阶梯接合部，处于藏、川、滇三省区交会处，是我国最长、最宽和最典型的山脉群。它呈北南走向，横空截断东西交通，也因此而得名。

通常来说，横断山区的范围是北界昌都，南至中缅边界，面积约 60 万平方千米。山川南北纵贯，东西并列，一般可概括为“七山六川”，从西到东依次为：伯舒拉岭—高黎贡山，由念青唐古拉山脉和唐古拉山脉延续转向而来，通常认为是横断山区西界，东侧为怒江；怒江东是他念他翁山—怒山，山脉的东侧为澜沧江；江东为达马拉山—芒康山（宁静山），山脉东侧是金沙江；江东侧为沙鲁里山—雀儿山—海子山，东为雅砻江；大雪山（夹金山），大渡河；邛崃山，岷江；岷山；等等。

横断山区的突出特征是，大山由北向南逶迤，大河自北向南奔流，山水相伴，山高谷深，形成了我国西南原始、苍莽、险峻、神秘的自然景观。清末江西贡生黄楙材从此经过，看到这里山水并行迤南，横阻断路，遂给此处起了一个形象的名字——横断山，由此便传了下来。

类乌齐，藏语意为“大山”，地处他念他翁山和澜沧江之间。此地干旱少雨，无霜期短，但河流交织，水量充足，属澜沧江流域。类乌齐是个小县，面积仅 6000 多平方千米，人口不足 5 万，元代在这里设置总制院（后为宣政院），管理全国佛教事务和藏区政教事务。

从类乌齐出发，沿川藏北线317国道东行就到了昌都。

昌都是西藏门户，坐落在群山怀抱中，是藏、青、川、滇四省区的交通枢纽，自古为茶马古道要冲和商贸中心。昌都是藏语，意为“水汇合处”，扎曲、昂曲两条河在此汇流，始称“澜沧江”，正是“昌都”名称的由来。澜沧江奔流南下，与怒江和金沙江携手南行，即著名的“三江并流”。

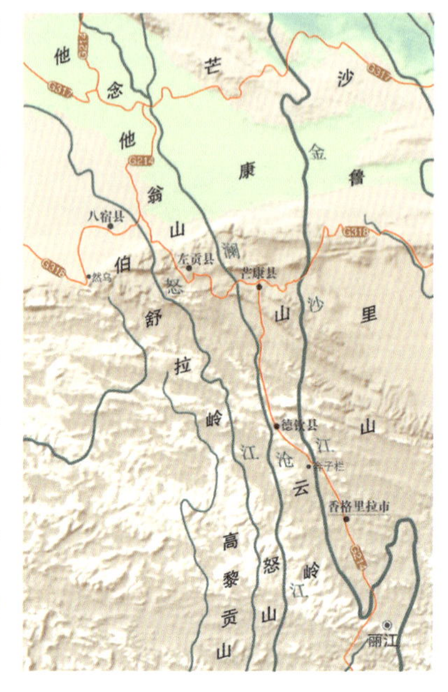

“三江并流”示意图

从昌都沿214国道继续南行，到邦达镇后右转，沿川藏南线进入八宿县境内。八宿县地处怒江上游横断山区，属三江流域高山峡谷地带。进入八宿县境不远，公路穿过业拉山口，公路标牌上写着：业拉山口，海拔4658米。业拉山即怒江山，垭口比较平缓，山顶岩石土壤风化严重，呈现崎岖突兀的灰白色喀斯特地貌。路边观景台上是层层叠叠、色彩鲜艳、随风摇曳的经幡。过了垭口，下山的路就是著名的川藏公路天险——怒江七十二拐。

怒江七十二拐

汽车沿着七十二拐下行，一侧是万仞高山，一侧是万丈深渊，车子一直盘旋在悬崖绝壁上。

司机全神贯注地看着前方，我们也十分紧张，不敢向下看，偶尔看一眼就双腿发颤、心惊肉跳。业拉山是川藏公路横断山区中最大的天险，处于青藏高原与横断山区接合部。若在雨季，地质灾害多发，落石、泥石流和塌方十分常见。实际上，从业拉山垭口到怒江谷底，陡峭的山路只有几十千米，高差竟达 2000 米，车子足足走了两个小时。

怒江是我国西南的大河之一，发源于青藏高原唐古拉山南麓，中游处于横断山区，山高谷深，水流湍急。怒江是条外流河，经云南流入缅甸后称“萨尔温江”，最后注入印度洋安达曼海。

到了怒江谷底，我们站在东岸，看看滚滚南去的江水，再看看对岸的伯舒拉岭，这就是横断山区的西缘。眼前的怒江河道水深谷窄，河水是黄白色的，两岸的山体也是黄白色的，甚至连怒江岸边也看不到一点绿色，满目的荒凉、死寂，毫无生机。有水，却没有绿色，这有些令人费解。

川藏公路是我国最险峻的公路之一，高山大河呈南北走向，但道路却是东西走向，这意味着每一次经过都是一次“横断”，都是一次历险。在这里，你才会真正感受到当年人民解放军修建这条进藏公路时的艰难和凶险。这条路是人间奇迹，是西藏人民的生命线，是维护边疆安宁的安全线。

第二天，我们到了横断山区腹地左贡县。这里属于高山峡谷地带，怒江、澜沧江两条大江由北向南纵贯县境，山脉主要有东达山和与云南交界处的梅里雪山。318 国道经过东达山垭口，标注海拔 5130 米，是 318 国道上海拔最高的垭口。6 月下旬的东达山，草原青青，风光壮美，色彩鲜艳的经幡随风飘动。可惜我们高原反应明显，只得赶紧吸上几口氧气，匆匆坐车下山。

过了东达山，就到了澜沧江。澜沧江源于唐古拉山东北部，纵贯横断山区，经过西藏、云南，流出国境称“湄公河”，经缅甸、老挝、泰国和柬埔寨，于越南胡志明市注入南海。它右侧以怒山与怒江分界，左侧以云岭、无量山分别与金沙江、红河分水，是东南亚最大的国际河流，也是世界上最典型的北南走向河流之一。眼前的这段澜沧江，河流舒展，滩涂开阔，天蓝水净，野花遍地，零散的牦牛在河滩上食草，牦牛身后是静谧的村落，好一派宁静优美的高原田园风光。

悠闲的牦牛

接着，汽车开始爬觉巴山。

觉巴山，位于芒康县境内，地处川、滇、藏三省区交会处，东隔金沙江与四川巴塘县相望。川藏公路觉巴山垭口有一段约 30 千米长的盘山路，由于澜沧江纵深下切，江岸悬崖峭壁，山谷高差达 2000 米。身临其境，确如人们讲的“川藏数险，觉巴第一”。

过了觉巴山，我们直奔金沙江。

第三天，我们来到了金沙江大桥边。由于 318 国道维修，路窄弯多，双向车辆轮番放行。我们在金沙江右岸排起了长队，足足等了一个小时才过了大桥。这天，一丝风没有，晴空万里，阳光灼热，加上没有树、草，山是热的，路面是烤的，实在是酷热难耐。经过半天的煎熬，傍晚我们终于到了巴塘县城。至此，我们走出了西藏，来到了四川。

巴塘县是“川西第一县”，地处青藏高原东南缘，位于川、滇、藏三省区接合部，横断山区纵贯全境，金沙江流经南北，全境属金沙江流域。

四川巴塘姊妹湖

金沙江是长江上游干流，是西藏与四川的界江，因江中沙土呈黄色而得名。金沙江始于青海玉树市巴塘河口，迄于四川宜宾，全长3481 千米。其特点是江谷深、落差大、水流急。过了金沙江就进入了川西沙鲁里山脉，海拔 4000 米以上，是金沙江、雅砻江分水岭，也是四川境内最长、最宽、冰山湖群最集中的山脉。据介绍，在海拔4500 米以上的高山上，有大大小小 1100 多个海子。在海子山垭口，我们看到山势挺拔、群峰争峙，山峰间卧着、挂着大面积的冰川，终年不化的积雪洁白如玉，与黑褐色的群峰形成鲜明对比；山脚下是清澈见底的两个海子，手拉着手、肩并着肩，像两面巨大的镜子铺在地上，天光云影徘徊其中，它们也被称为“姊妹湖”。蓝天、冰川、群山、海子构成了一幅绝妙的美景。

第四天，我们走进了康定。

康定，又称“川藏咽喉”，位于大雪山南端，是茶马古道重镇、历史文化名城，因一首《康定情歌》闻名中外。境内的大雪山也称“夹金山”，属横断山区东列山脉。

1935 年 6 月，中央红军在川康边地区翻越了终年积雪、气候变化无常的大雪山。这里海拔 4000 米左右，空气稀薄，人迹罕至，红军艰难地走了 31 天，行程 1300 多千米，付出了巨大牺牲才走出这处凶险之地，这是红军长征途中一段最艰难的路程。

从康定向东，现代交通发达，桥梁、隧道密布，车子行驶在高速公路上，已感受不到山河之险。过大渡河，观赏泸定桥；过雅安，穿越邛崃山；过岷江，到岷山。

至此，我们终于走出了地理上的横断山区。而历史、人文上的横断山区还待慢慢挖掘。

南北走向的横断山，实际上是一条条南北向通道。不同于青藏高原腹地东西走向的喜马拉雅山、冈底斯山脉对印度洋暖湿气流的阻拦，印度洋的暖湿气流沿着这些通道长驱直入，给青藏高原东南部和川滇地区带来丰沛的降水，对西南第一阶梯、第二阶梯过渡地区冰川发育、植物分布、生态环境影响重大。

横断山区地质结构的复杂性也决定了其动植物资源的多样性。据地质专家考证，横断山区在形成过程中原本接近东西走向，后来才变为南北走向。这种地质环境的变迁使生物逐渐进化出了非常特殊的适应性，于是这里成了丰富的动植物自然基因宝库。在这里可以找到大量热带、亚热带、温带，甚至寒带的物种，因而横断山区也成为开展动植物研究的热点区域。

不同的地理环境孕育了不同的历史文化。高山大川这种特殊的地理环境虽然阻隔、限制了人们的交往交流，但也孕育了西南地区独特的民俗和文化。横断山区是世界上罕见的多民族、多语言、多种宗教信仰和风俗习惯的地区。这里形成和保留了丰富多姿、各具特色的多元民族文化，是我国乃至世界上多元文化和谐共生、相互交融的典型地区。

马不停蹄走了4天，穿越了一回横断山区，我们真正感受了这里的山雄水险、天低路远、独特文化。

横断山，作为横空截断青藏高原的地理存在，不论多么优美的文字、多么生动的画面，都不能代替身临其境地去感受，那是独一无二、刻骨铭心的记忆。

过了一山又一山，一山过去一山拦，山山接着天；过了一水又一水，水水奔流入大海，水水来自山。这就是神秘、博大、厚重，令人敬畏的横断山！

2021年6月

阴
山
黄河“儿字弯”
贺
兰
山

内蒙古“三山一弯”影像图

后记

写完了《黄河纪行》，算是了却了我的一个心愿。

20 世纪 90 年代，黄河曾几次断流。特别是 1997 年，黄河下游出现了史上最严重的一次断流，长达 226 天，这引起了我对黄河的关注，开始留意有关黄河的信息。

2011 年初我调到呼伦贝尔市工作。天佑呼伦贝尔，赐予它大草原、大森林、大水域、大湿地、大雪原等多种自然形态，山水之胜，无出其右，也加深了我对大自然的热爱和眷恋之情。

2016 年 2 月，我到内蒙古自治区自然资源厅工作。工作性质使我更加关注内蒙古的山山水水，并为其倾注了很多时间和精力。

令人难忘的是，2019 年 7 月 16 日，习近平总书记来内蒙古考察时，到自然资源厅实地调研指导。习近平总书记明确要求，做好自然资源工作要在“三个领悟”上下功夫，即加深对生态文明建设重要性的领悟，加深对党中央对内蒙古战略定位的领悟，加深对自身职责的领悟。对此我一直牢记于心。

在组织制定内蒙古自治区国土空间规划过程中，经过多次实地调研，我们提出把内蒙古国土空间概括为“三山一弯”。“三山”，从东到西依次为：大兴安岭，位于东北地区，呈东北—西南走向，长1400多千米，是东北地区的生态安全屏障；阴山山脉，横亘华北，呈东西走向，长1000多千米，护佑着华北生态安全；贺兰山，地处西北，呈南北走向，长220多千米，是西北地区的生态安全屏障。“一弯”即黄河“几字弯”，主体部分在内蒙古自治区境内，是生态环境脆弱区。“三山一弯”构成了内蒙古自治区地貌的主骨架，是农耕文化和游牧文化的分界线，也是重要的地理坐标线和生态轴线。内蒙古生态状况如何，不仅关系其自身的生存和发展，而且关系东北、华北、西北乃至全国的生态安全。把内蒙古建设成为我国北方重要生态安全屏障，推动黄河流域生态保护和高质量发展，这是功在当代、利在千秋的大事，重大而紧迫，必须落实到规划上、政策上和具体工作中。

上有所呼，下有所应。内蒙古自治区测绘地理信息中心组织的这次黄河考察，是一件实事、好事。“纸上得来终觉浅，绝知此事要躬行。”实地考察了一次黄河，收获实实在在，留下的记忆刻骨铭心。我将这堂“黄河课”的学习心得，加上以前的积累，一并整理成册，以防忘却。

自治区测绘地理信息中心张瑞新主任、刘秀副主任策划并参与了这次考察活动，并对黄河的认识提出了许多真知灼见。卢中秋、刘聪和李季等同志对资料、图片、地图的收集、选择、绘制和印刷等做了大量具体工作。2021年9月开始，《内蒙古日报》开设《山水人文》栏目，连载了《黄河纪行》，吴海龙社长、阿荣编辑等同志付出了大量心血。在新华社记者张丽娜的支持下，新华社客户端推出了此系列文章，浏览量达107.6万人次。内蒙古人民出版社编辑贾大明为本书的出版给予了大力支持。在此，对诸位朋友一并表示衷心感谢！

书中使用地图38幅。其中，使用山东省地图出版社于2020年10月出版的《地图上的地理故事·黄河》[审图号：GS（2020）2075号]中9幅地图，分别是“黄河流域图”“晋陕大峡谷”“中国地势三级阶段示意图”“黄河源头水系图”“黄河流域现代灌溉区域分布图”“黄河干流主要水利工程分布图”“开封城摞城示意图”“黄河下游河道变迁图”“黄河入海口变迁示意图”；使用自然资源部公布的标准地图[审图号：GS（2016）1549号]为底图制作3幅，分别是“秦岭在中国的位置示意图”“黄河三角洲、长江三角洲位置示意图”“长江流域示意图”；绘制示意地图24幅，制作影像地图2幅。

林子

2021年12月